狐の婿取り

—神様、お別れするの巻—

CROSS NOVELS

松幸かほ
NOVEL:Kaho Matsuyuki

みずかねりょう
ILLUST:Ryou Mizukane

CROSS NOVELS

香坂涼聖

こうさかりょうせい

診療所の医師。琥珀の恋人で陽の父親的存在。気づけば多くの神様と知り合いになっているが、本人は至って普通の人間。

琥珀

こはく

かつて八本の尻尾を持っていた狐の神様。涼聖の愛の力により、最近四本目の尻尾が生えてきた。ちょっと天然。

陽

はる

妖力を持っているチビ狐。琥珀に預けられてスクスク元気に成長中。集落のアイドルで、食べることが大好きなお菓子星人♡

Characters

Kaho Matsuyuki Presents

伽羅

きゃら

かつては間狐だったが、現在は主夫的立場に。涼聖の後釜を狙う、琥珀大好きっ狐《こ》。デキる七尾の神様。

白瑩（シロ）

しろみがき

香坂家にずっと暮らしている座敷童子のなりかけ。涼聖と千歳の遠いご先祖様。柘榴と何やら縁がある…？

柘榴

ザクロ

「千代春君《ちよはるぎみ》」を探しているらしい赤い目を持つ男。シロに接触を試みるが、その真意は…？

？？？

柘榴が従っているらしい、謎の男。怪しげな場所で何やら儀式を行っているようだが…？

CONTENTS

CROSS NOVELS

CONTENTS

狐の婿取り

神様、お別れするの巻

Presented by
Kaho Matsuyuki
with
Ryou Mizukane

Presented by
松幸かほ
Illust
みずかねりょう

CROSS NOVELS

1

どこからかふんわり甘いおいしそうな匂いがしてきて、陽《はる》は目を覚ました。

――どこから、だろ……。

いつもより少し頭が重くて、ぼんやりするのを感じながら、陽は匂いが庭から漂ってきているのに気づき、庭に面した障子戸を開けて縁側へ出た。

思ったとおり、ピザ釜の前には伽羅《きゃら》がいて、じっと火加減を見ていた。

陽はピザ釜に一番近いところまで縁側を移動して、

「きゃらさん、おはようございます」

声をかけると、伽羅は陽を振り返り、そして驚いた顔をして慌てて近づいてきた。

「陽ちゃん、どうしちゃったんですか⁉」

あまりに慌てた様子に、陽はキョトンとする。

「おめめ、腫《は》れてますよ？　痛くないですか？」

伽羅はそっと陽の瞼《まぶた》に触れる。

「だいじょうぶ……」

「それならいいんですけど……」

そう言ってから、伽羅は、

「あらためて、おはようございます」

挨拶《あいさつ》をし直したあと、

「庭でガサガサしてたから、起こしちゃいましたかー？」

いつもより早めに起きてきた理由を問う。

「ううん。いいにおいだったから、なんのにおいかなっておもったの」

陽らしい返事に、伽羅は頭を撫《な》で、

「もう少しでパンが焼けますから、陽ちゃんは顔を洗ってきてくださいねー」

と促す。それに陽は頷いて、縁側を戻っていった。

部屋に入ると、シロが三段ボックスの中にある自分の部屋から出てきて、陽の布団の上でちまっと座っていた。

「シロちゃん、おはようございます」

挨拶をする陽の顔を見て、シロは伽羅と同じく、驚いた顔をした。

「はるどの、おはようございます。……めを、どうかなさいましたか」

「さっき、きゃらさんにもいわれたけど、そんなにおかしいの？」

自分ではどうなっているかわからなくて、陽は首を傾げる。

「おかしい、というか、はれております」

「おかお、あらうときにみてみる。シロちゃん、おかおをあらいにいこ？」

陽はそう言っていつものようにシロを肩に載せて洗面所へと向かう。踏み台を出して、そこに乗り、洗面台の鏡に映った自分の顔を見て、陽は驚いた。

確かに目の周りがぽわっと腫れている。

そのせいか、目もいつもの半分くらいしか開いていなかった。

「ほんとうだ、はれてる……」

「いたくはないのですか？」

「うん。どうしてだろ……」

不思議そうな陽に、

「……さくや、なきながらおねむりになったので、そのせいではないかと…」

シロが説明する。

「なきながら……？」

シロの言葉で昨夜のことを振り返り、陽は園部《そのべ》のことをすぐ思い出した。

するとまたじわっと涙が浮かんでくる。

「は…はるどの……」

シロが慌てた声を出すと、陽は涙をぬぐって、シロ専用の小さな器に顔を洗うための水を入れてやり、自分も顔を洗う。

顔を洗ってもまた涙が溢れてきそうで、陽はタオルを顔に押し当てた。

部屋に戻って服を着替えた陽が居間に出てくると、涼聖《りょうせい》はちゃぶ台の上へパンやおかずを取りやすいように並べているところだった。

「陽、シロ、おはよ……って、陽、おまえ、目どうしたんだ?」

陽の顔を見た涼聖はやはり驚いた顔をして聞いた。

「……わかんない。おきたら、こうなってたの」

泣きながら寝たからだとシロには言われたが、それを言ってしまえば、泣きながら寝るような何があったのかと聞かれるだろう。

聞かれても、陽は答えることができない。

園部のことは、『人』には言ってはいけない類いのことだと分かっているからだ。

だから、ごまかした。

「ちょっとこっちへ」

涼聖が手招きするのに、陽は素直に近づく。

涼聖は慎重な手つきで陽の目の周りに触れた。

「痛みはないか?」

「うん…だいじょうぶ」

「虫に刺された感じでもないし、熱もないな……」

顔がむくむ原因はいろいろあるが、

「もし、いつもと違うなと思ったらすぐに言えよ」

涼聖はとりあえず様子見でいいだろうと判断した。

「うん、わかった」

素直に返事をする陽の頭を涼聖は撫でたが、やはりいつもと違う様子が心配だった。

すぐに朝食になったが、食べる速度が遅いし、いつもならもっとあれこれ話すのに、元気がない。

それでも食欲が落ちているというわけではなく、昨日と同じだけの量を食べているので、体に問題はなさそうだと涼聖は思う。

――そういえば昨日の夜からちょっと元気がなかったか……？

琥珀が寝かしつけていたが、いつもなら琥珀が寝かしつけ担当だとはしゃぐのに、そうでもなかった気がする。

――ってことは、その前にもう何かあったか……。

少し記憶をさかのぼらせ、昨日のことを思い出す。昨日は陽と往診に出かけて――車の中で園部のことを心配していたが、そのあとの往診先ではいつも通りだったように思う。

見当のつかない涼聖は琥珀に目をやるが、特に気にした様子はなかった。

それが、不自然と言えば不自然だったが、今ここで口にすることでもないだろうと涼聖は問うのをやめた。

食事を終えると、涼聖は診療所に向かう準備のために部屋へ戻る。

その間に陽は龍神《りゅうじん》がいる金魚鉢の水を替える。

冬の間は井戸水をくみ上げる手押しポンプが凍ってしまうこともあり、金魚鉢の水替えは水道水を一日置いてカルキを飛ばしたものを使っていたのだが、最近ようやく井戸水に戻った。

陽が口の部分を大きく切り取ったペットボトルに龍神を移し替え、金魚鉢を持って庭に出たのを待ってから、伽羅は琥珀に声をかけた。

「琥珀殿、陽ちゃんのことなんですけど……昨夜、何かあったんですか――？」

その問いに琥珀は小さく息を吐いた。

「……集落の園部殿の死の気配を、陽が感じ取った」

「え！　園部のおばあちゃんが……？」

園部は伽羅とて知らぬ相手ではない。

かなりの高齢で、召されても大往生としか言いようがないし、人が死ぬことは避けられないとはいえ、衝撃的な言葉だった。

「園部殿は亡くなるとき、一人だと。それが納得いかぬようでな。かわいそうだと……」

それに伽羅は難しい顔をする。

人の生死の理《ことわり》については、不用意に関わってはならないものだ。

せいぜいできるのは「祈る」ことくらい。

その陽の「祈り」の力で、成沢《なりさわ》の父親は病状の進行が止まっている。

だが、今回の件は「祈り」でなんとかなるものではないだろう。

「陽ちゃんには、なんて？」

「何が人のためになるのか、その判断は任せると言った」

琥珀の言葉に伽羅は眉根を寄せた。

「それ、陽ちゃんには難しすぎませんか」

「何事も最初が肝要《かんよう》であるし、いずれは通る道だ」

琥珀の言葉は簡潔だ。

だが、同時に迷いも感じた。

いつもの琥珀であれば、陽を教え諭すだろうからだ。

「……分かりました」

伽羅がそう返した時、陽が水を入れ替えた金魚鉢を持って居間に戻ってきた。

「りゅうじんさま、おみずきれいになったよ」

ちゃぶ台の上にあるペットボトルの中の龍神に声をかける。龍神は水替えの短時間でも寝ていたらしく、陽が何度かペットボトルの側面を指先で叩いて、やっと起きた。

「ん？　ああ、水を替えてきてくれたか」

そう言うと一跳ねし、空中へ飛び出すと綺麗《きれい》に一回転をしてペットボトルの隣に置かれた金魚鉢へ移動する。

水しぶきを立てぬ入水は、高飛び込み競技なら結構な高得点がもらえそうだ。

「きゃらさん、りゅうじんさまを、もどしてあげて」

陽の言葉に伽羅は、そうしましょうねー、と言いながら金魚鉢を持ち上げ、定位置である水屋箪笥の上に戻す。

そして、

「あ、そうだ。陽ちゃん、今日は午前中、俺の手伝いをしてくれませんかー？」

陽にそう聞いた。

突然のお願いに、陽はきょとんとした顔をして、

「なにをおてつだいするの？」

もっともなことを聞いてきた。

「上にある家の庭の小屋を片づけようと思ってるんですよー。それで陽ちゃんとシロちゃんにお手伝いお願いできたらなーと思ったんですけど」

伽羅が陽に手伝いを頼んでくることは滅多にない。

琥珀がいなかったときでも、陽が『おてつだいすることある？』と聞けば、簡単な仕事を任せ

てくれたが、大体は一人でこなしてしまうのだ。

なぜなら、本人曰く「デキる七尾」だから。

その伽羅から手伝いを頼んでくるとは、すごく大変なんだなと察して、

「いいよ」

陽は快諾した。

「じゃあ、お昼ご飯食べるまで、手伝ってくれますかー？　そのあと、俺も集落に行くんで陽ちゃんを送っていきますから」

「わかった！」

「じゃあ、琥珀殿、そういうことで」

伽羅が琥珀を見て言う。

それに琥珀は頷き、

「陽、伽羅殿をよく手伝うのだぞ」

陽に言い聞かせる。それに陽は頷いた。

少しすると涼聖が荷物を手に居間へ現れ、伽羅が午前中、陽を手伝いに借りたいと伝えた。

珍しいこともあるなと涼聖は思ったが、伽羅と一緒なら心配もないので、

「陽、頼りにされてるな。手伝い、頑張れよ」

そう言って頭を撫でてやると、陽はまだ腫れた目のままだったが少し笑った。

こうして涼聖は琥珀と二人で診療所に向かったのだが、その車内で、

「琥珀、陽だけどさ、なんかあったのか？」

陽のいるところでは聞けなかったことを聞いた。

「なぜそう思う？」

「陽の目があれだけ腫れてて、お前が何も言わないのが引っ掛かった。何も言わないってことは、理由が分かってるってことじゃないのか？」

涼聖の返事に琥珀は息を吐いた。

「涼聖殿に隠し事はできぬな」

そう言って少し間をおいてから、続けた。

「とはいえ、詳しいことは言えぬ。病などではないが……陽の成長のために必要なことが起きたとしか」

その言葉で、涼聖は「神様関係の事情」だと理解した。

「そうか。それなら、何も言わないでおく」

ただの人間でしかない自分が、彼らの世界に深く関わるのはよくないだろうと思うからだ。

しかし、陽はまだ幼い。

「もし、陽が手助けを頼んできたら、助けてやりたいと思う。……それは、かまわないか？」

「神様関係」での話なら、陽が涼聖に助けを求めることはないと思うが、もしそんなことになっ

たら、拒絶するのは難しいだろう。

琥珀はしばらく考えてから、

「……ああ、その時は」

そう言って頷いた。

◆◇◆

さて、家に残った陽だが、すぐに伽羅の家へ、とはいかなかった。

伽羅にはまず、片づけねばならない家事がある。

朝食の後片づけと、洗濯である。

それが終わるまで陽は待つことになったのだが、その陽は居間に横たわり、目にホットタオルを置かれている。

伽羅による目元のむくみケアである。

あからさまに泣いたと分かる腫れた目元で集落に行かせれば、陽を自分の孫、ひ孫として溺愛《できあい》している集落の住民たちが心配をする。

そしてどうしたのかを聞く。そうなれば、陽は困るだろう。

何しろ園部のことは話せないからだ。

集落の住民たちを心配させないため、そして陽が困らないようにするため、午前中は自分の手伝いをしてもらうという名目で集落に行くのを阻止した。

そして空き時間を使って、まずはむくみケアである。

別にそれをしなくても、昼にはある程度治まるだろうと思うのだが、見ているだけで陽がどれほど悲しんでいるのか分かってしまって、伽羅が耐えられそうになかった。

「陽ちゃん、次は冷たいタオルに交換しますよー」

ある程度の頃合いで、伽羅は冷水を絞ったタオルに交換する。

「わ、ほんとにつめたい」

「少し我慢してくださいねー。温かいのと冷たいのを何回か繰り返したら目元が腫れてるの、少しマシになりますからねー」

そう言ってタオルを交換すると、また家事に戻る。

そんな甲斐甲斐《かいがい》しい手当てもあって、伽羅の朝のルーティーン家事が一段落する頃には、陽の目元はすっきりとはいかないまでもかなりマシになっていた。

それにほっとしつつ、伽羅は陽とシロと一緒に、香坂《こうさか》家の裏山を上ったところにある自分の家へと向かった。

向かう山道は、まだちゃんとした舗装がされていないため解けた雪でぬかるんでいて歩きづらい。

舗装がされていたとしても雪が積もっている間は滑って危ないので、伽羅の家のさらに山の上にある、かつて琥珀が祀《まつ》られていた祠《ほこら》——今は祠も新調され、伽羅が祀られている——のある神社への参拝は冬の間、中止されている。

それというのも、祀ってくれているシゲルに、伽羅が毎年雪の積もり始めたあたりで、

『今年も雪の季節が来ました。参道にも雪が積もり、滑る危険があるので参拝は中止したほうがいいと思います』

と写真をつけて連絡を入れるからである。

そして雪解けが始まり、歩くのに支障がなくなると、伽羅が参拝可能の連絡をするのだ。

そのため、参拝途中の休憩所として使っている小屋も、雪の間は閉められていた。

「さーて、久しぶりに開けますよー」

伽羅はそう言って小屋の扉を開けた。引き分けタイプの二枚の戸を左右に開ききる。

中には、もともと小屋にあった端材なども利用して孝太《こうた》が作った木製ベンチと、飾り棚が設けられている。

とはいえ、今は空っぽだ。

「じゃあ陽ちゃん、シロちゃん、まずはほこりを払うところから始めましょうか」

「うん。うえからじゅんばん」

家で掃除の時に教えられたとおりに言う。

飾り棚の一番上と二番目は伽羅が、三番目と四番目は陽が踏み台を使ってほこりを払い、細かいところはシロが点検する。

そんなふうに分担しながら小屋の中のほこりを払う作業が一通り終わると、落ちたほこりが舞わないように静かに掃き掃除をし、それから水拭きである。

「おそうじしゅうりょー！」

「きれいになりました……」

小一時間ほどで綺麗になると、空気が入れ替わったというのもあるが、どこか空間が澄《す》んだように感じられて、満足感がある。

「はーい、二人ともお疲れ様でした」

伽羅が二人を労うと、

「これで、おわり？」

陽が聞いてくる。

「ここのお掃除はこれで終わりですよー。でもこのあと、家にしまってあるおばあちゃんたちの商品をどんなふうに並べるか、一緒に考えてもらっていいですかー？」

伽羅が言うと、陽とシロは頷く。

「じゃあ、家に行きましょう」

伽羅はそう言って、小屋の隣にある家に陽とシロと一緒に戻った。

伽羅の家はいつもと同じように綺麗に片づけられていた。

その部屋の一角の収納ケースに、集落のおばあちゃんたちの手作り品があれこれ綺麗にしまわれていた。

集落のおばあちゃんたちは、何かしら手仕事が好きな人が多い。

編み物などをはじめとしたハンドメイド作品に感銘を受けた伽羅が数点預かって、小屋に商品として置いたところ好評で、参拝へ来たシゲルの会社の社員にあっという間に売れた。

そこから「色違いで作れませんか」だの「もう少し大きな大人のサイズで作ってもらえませんか」というような連絡が伽羅へ来るようになり、集落のおばあちゃんたちは、こんな素人の手作り作品が売れるなんて、と驚いていたが、好きな手仕事なので喜んで作ってくれた。

ついでに言えば、わざわざ電車とバスを乗り継いでくるシゲルの会社の社員の願い事は、あまり大それたものではないものや欲にまみれたものでない限り、伽羅が叶えてやっている。

例えば、「資格試験に合格しますように」なら、合否に関して関わるのではなく、力を尽くせるような環境で勉強できるように手配をしてやったり、「良縁をお願いします」なら、出会いの可能性の高い場所へ行きたくなるように仕向けたり、参拝者の氏神様に連絡して近場で気の合う人との縁があればとりあえず出会いを、と働きかけたりしているのだ。

それできちんと努力をした人は結果を出せるし、気の合う人との出会いがあれば、たとえ「結婚」というような形に繋がらずとも「いい友達」として付き合いが続き、そこから新たな出会いも生まれる。

そんなわけで、伽羅は結構「ご利益がある」と認識されており、シゲルの会社の社員から口コミでやって来る参拝客もちらほら増えている。

彼らも、置いてある作品を購入していき、「歩くおばあちゃんコレクション」ともいうべき、陽を見かけると、「あの子の持っているのと同じものがほしい！」という現象を巻き起こしているのである。

だが、参拝客の途絶える――というか、伽羅が来ないほうがいいと伝えているので来ないのだが――ときは、当然、小屋での販売がないため売り上げがないかといえば、そうでもない。

一般の参拝客がちらほらしだしたころから、伽羅はこっそりＳＮＳを始めた。

参道の整備状況を知らせたり、季節ごとに様子を変える集落の写真をアップしたりして、そこに「冬季の参拝について」のお知らせを載せたりもしている。

その中に、集落のおばあちゃんの新作写真も上げ、希望があれば販売します、という形にしているのだが、基本、アップするとすぐに売れるため、伽羅の家の収納ケースに収められているのは、参拝客用に取り置いてある新作がほとんどである。

「これ、にしおかのおばあちゃんのポーチだ！」

「陽ちゃん、よく分かりましたねー」

陽が手にしているのは、古い着物の生地を使って仕立てられた携帯電話を入れられるポーチである。

もともと、伽羅が作ってもらったのだが、それを見た参拝客が欲しがったため、西岡《にしおか》に頼んだところ、生地がある間は作る、と言ってくれたものだ。

生地の部分によって、華やかなもの、シックなものと様々だが、その合わせ方が絶妙なため、冬に通販可能にした作品は全部売れた。

西岡が若い頃に着ていた古い着物を使っただけで、元手がかかっていないのにとお金を受け取ることに恐縮していたが、西岡はもともとプロの和裁士である。その手間賃だと思ってと伽羅が説得した。

で、ついでに時間があったら、でいいので今後も作ってくれませんかとお願いしたところ、継続して作ってくれているのである。

「これはきたはらのおばあちゃんの、えーっと、か、か……」

「カルトナージュですねー」

布張りの小物入れにできそうな箱も、人気商品である。

「しゅうらくのひとはみな、てさきが、きようです」

感心したようにシロが言うのに、陽は頷く。

「おばあちゃんたちもおじいちゃんたちも、すごいんだよ。いろんなものつくれるの。おやつもおいしいし、おりょうりもおいしいし、みんなすごいの」

にこにこしながら陽は言う。

そんな陽の様子を見ながら、伽羅は陽が今抱えている問題に思いをめぐらした。

伽羅は陽よりも幼い頃に本宮へ預けられてから、ずっと本宮で育った。

そのため伽羅が「人の死」というものに接したのは成長しきってからのことだった。

その頃にはもう「避けることのできないもの」という認識が出来上がっていたので、特段感情を動かされることはなかったのだ。

だが、陽は違う。

陽は心の成長過程にあり、また自分を気にかけてくれている相手の「死」をどう受け止めていいか分からないでいるのは、とても理解できる。

相手の余命が分かってしまっても、手出しをすることが許されないのが決まりだ。

そのことをどう自分の中で処理するか、陽はこれから激しく葛藤するだろう。

それは分かるが、伽羅は今はまだ何も知らないことになっているので、陽に何か言ってやることはできない。

しかし目元を盛大にむくませたままの陽を集落に行かせれば、集落のみんなが陽を心配するだろうし、理由を聞かれたら陽が困る――というか、園部のことを思い出して泣き出し、それでも理由を言えない、という事態になる可能性が高かったからだ。

手伝ってもらうという名目で午前中だけでも時間を取れば、むくみはマシになるようにも思えたし、確かに温タオル冷タオルを交互に使う作戦でかなりマシになった。

それに、伽羅が手伝ってほしいと言ったとき、琥珀が何も言わずに承諾したのは、今の陽のそばには、事情を知っている琥珀よりも、知らない伽羅がいるほうがいいと思ったからだろう。

——とりあえず、琥珀殿に相談できないようなことがあるなら、俺に言ってくれていいんですよーってことだけでも伝えておくほうがいいですよねー。

今回の件に限らず、今後、何かが起きた時、相談できる先は多いに越したことはない。

伽羅は本宮にいた頃、相談先が少なくて多少苦労したのだ。

何しろ最年少で稲荷《いなり》となり、師匠となった指導役稲荷はコミュ障の黒曜《こくよう》だ。

同期の稲荷とは年齢差的な問題で話が合いづらく気軽に相談できる関係性ではなかったし——相談すれば答えてくれたとは思うが、当時の伽羅にはできなかった——、黒曜は本当に何を考えているかわからなくて怖かった。今でも、怖い。

唯一伽羅が相談できたのは、黒曜のもとに気軽にやってきていた白狐《びゃっこ》だ。

本宮の長に相談できるなどというのは、今考えればとんでもないことで、実際最初は気後れしまくって挨拶をするのもやっとだったが、白狐がフランクに話しかけ、また気にかけてくれたので、ちょこちょこと相談できた。

それくらい追い詰められていたともいえるが。

そんなわけで、陽には、相談先をできるだけ多く持たせてやりたいのだ。

それだけ多様な意見を聞くことができる。もちろん、相手の意見に振り回されてしまう危険性もあるのだが、その中で自分の気持ちに一番近く、腑《ふ》に落ちるものを選べるようにしてやりたいと思うのだ。

「はやみのおばあちゃんのきりえは、かざりだなのいちばんうえにかざるのがいいとおもう。それでにばんめのところは、どうしようかなぁ……」

「にばんめのところは、このおにんぎょうをすわらせればいかがでしょうか」

悩む陽にシロが助言する。

「あ！　じゃあそのとなりに、このねこさんのポーチおこうよ」

二人は楽し気にきゃっきゃしながら、レイアウトを決めていく。

「さすがですねー、陽ちゃんとシロちゃんに相談して正解でした」

伽羅がそう言うと、陽とシロは互いに一度顔を見合わせてから嬉しそうに笑う。

「相談に乗ってもらったお礼に、何かあったら二人も俺に相談してくださいねー。できるだけ力になりますから」

さりげなく声をかけると二人は頷く。

それを見て、伽羅は現時点で自分ができるのはここまでだな、と思う。

「じゃあ、そろそろご飯を食べに、戻りましょうかー」

伽羅のその言葉で、三人は香坂家に戻るべく山を下りる。

シロは陽が着ている赤ずきんのマントのフード部分に収まりながら、

——はるどのが、すこしげんきになったようでよかったです……。

胸の奥でひとりごちる。

昨夜、シロも一緒にいたので、陽が園部のことを泣くほど心配して悩んでいるのは分かっていた。

とはいえ、自分から切り出すのは少し違う気がする。

——われにいまできるのは、みまもることだけです……。

人の死。

それは、この世に生を受けた以上、決して逃れることのできない宿命だ。

シロも、幼くして命を落とした。

あれは、どの季節だったのだろうか。

それすらも、もう定かではない——というか、座敷童子《ざしきわらし》（のなりかけ）として意識を持った時には、人だった頃の記憶はかなり抜け落ちていた。

そう、自分の名前すらも。

——ほんとうに、ポンコツなきおくです……。

今度は自嘲《じちょう》するように、シロは胸の奥で呟いた。

昼食を取ったあと、シロは留守番で香坂家に残り、陽と伽羅は一緒に歩いて診療所へと向かった。

歩くとそこそこの距離になるのだが、毎日散歩で鍛えている陽は苦ではないらしく、疲れたと言うこともなく——朝から伽羅の家と香坂家を往復しているので疲れたと言うかなと思っていたのだ——診療所に到着した。

「あ、りょうせいさん！」

丁度涼聖が往診に向かうところで、中から出て来たため、陽が駆け寄る。

「ああ、陽、来たのか」

「うん！」

元気に返事をする陽の頭を涼聖は撫でる。

そして、すっかり目元のむくみが治まっているのに安堵した。

「これから往診に行くけど、来るか？」

一応涼聖は声をかける。だが、陽は頭を横に振った。

「ううん。これから、きゃらさんと、てしまのおばあちゃんのおうちにいくの」

「手嶋《てしま》さんのところに？」

涼聖は繰り返して、伽羅の顔を見た。

「琥珀殿が帰ってきたんで、またお菓子教室の再開をお願いしようと思ってご挨拶に行くんですよー」

伽羅がそう言うのに涼聖は納得する。

伽羅は集落の住民にあれこれ教えを乞《こ》うているものがある。

季節ごとの果実や野菜を使った保存食づくりもあるが、隔週で習っていたのが手嶋のお菓子教室だ。

手嶋は趣味で作っているだけだから教えるなんて、と言っていたのだが、伽羅が口説き落として習っている。

正直「デキる七尾」はどこに向かおうとしているんだろうかと思わないでもないが、その恩恵にあずかってもいるし、伽羅も楽しそうなので何も言わないことにしている。

「そうか。じゃあ琥珀に挨拶してから行けよ」

涼聖はそう言って車に乗り込み、往診に向かう。それを見送ってから陽と伽羅は診療所に入った。

「こはくさま、どこー？」

陽が廊下を進むと、奥のいつも昼食を食べている部屋から琥珀が顔を覗かせた。

「陽、来たのか。伽羅殿も」

「うん！」

笑顔で頷く陽に琥珀はほっとした。

今はすっかりいつも通りに見えたからだ。

「涼聖殿には会ったか？」

「さっき、おそとであったよ」

陽は報告してから、

「きゃらさんと、てしまのおばあちゃんのおうちにいってくるね」

そう続け、琥珀が何故と問う前に、

「お菓子教室の再開をお願いしに行くんですよー」

伽羅が説明した。

「ああ、私が不在の間、休ませてしまっていたのだな。すまぬ」

琥珀が謝るのに、伽羅は慌てる。

「謝らないでくださいよー！　琥珀殿の体が大事に決まってるじゃないですか」

「そうだよ。こはくさまがげんきになってくれて、ボクもうれしいもん」

陽もそう言って伽羅に同意する。

その陽の頭を撫でてから、琥珀は伽羅の頭も撫でた。

「え…、琥珀、殿……」

いつもはせがんでせがんでやっと、という感じの「頭撫で」をせがむ前にしてもらえて、逆に伽羅は戸惑う。

「いい子には褒美をやらねばな」

と言う琥珀に、伽羅は言葉もない。

その隣で陽は伽羅を見上げ、

「きゃらさん、よかったね」

琥珀大好きっ狐《こ》の同志として、陽は無邪気に言うのだった。

2

突然の琥珀のデレとも言える「頭撫で」を受け、足取りも軽く伽羅は陽と一緒に手嶋の家に向かった。

インターフォンのチャイムを鳴らすと、ややして「どなた?」と手嶋の声が聞こえた。

「あ、伽羅ですー」

「ボクもいっしょ!」

伽羅と陽が答えると、ふふっと笑う声がして「少し待ってて」という声のあと、玄関に近づいてくる足音が聞こえた。

そして鍵を外す音が聞こえ、ドアが開いた。

「いらっしゃい」

笑顔の手嶋が出迎える。

「こんにちはー」

「こんにちは、おばあちゃん」

伽羅と陽が挨拶をすると、

「こんにちは。今日はどうしたの?」

手嶋が笑顔のままで聞いてくる。

「琥珀殿が帰ってきたんで、またお菓子教室をお願いできないかと思って来たんですけど、手嶋殿のご都合はどうかと思って」

「いつでもいいわよ。ああ、でも材料の準備があるから……」

そこまで言って手嶋は、

「よかったら、お茶でもどう？　私、今から食後のコーヒーを飲むんだけれど」

と誘ってきた。

「え、いいんですか？」

「ええ、もちろん」

手嶋の返事に、伽羅は陽を見て、

「じゃあ、お邪魔させてもらいましょうか？」

と伺う。それに陽は頷き、二人は手嶋の家にお邪魔した。

「コーヒーと紅茶、どっちがいい？　陽ちゃんは紅茶のほうがいいかしら？」

「うん！　こうちゃ！」

陽が元気に返すのに、手嶋は紅茶のティーバッグをしまってある箱を取り出した。

「じゃあ、ここから好きなのを選んでね」

箱の中にはいろんなパッケージの紅茶があった。

陽はその中から苺のイラストのティーバッグを選んだ。

「これにする」

「じゃあ、陽ちゃんはこれね。伽羅ちゃんは？」

「俺はコーヒーでお願いします」

伽羅の返事を聞いてから、手嶋はドリッパーにコーヒーの粉を入れた。

お湯を沸《わ》かす間に、ポットのお湯でカップを温める。そして湯が沸くと、ゆっくり丁寧にコーヒーを入れ始めた。

立ち上るコーヒーのいい匂いに、

「ひでとくんはね、サイホンでいれるんだよ」

「ああ、後藤《ごとう》さんのところの？　サイフォンなんて本格的ね」

秀人《ひでと》がサイフォンでコーヒーを淹《い》れる話は、まだ手嶋の耳には届いていなかったらしく、初耳、といった様子で返してきた。

「コーヒーいれるのすきなんだって。おゆがうえにいって、コーヒーになってしたにおりてくるの。おもしろくて、いつもみちゃう」

「分かるわ。おばあちゃんも、サイフォンでコーヒーを淹れるお店に入ったら、じーっと見ちゃうもの」

笑いながら手嶋はコーヒーにお湯を注ぎきり、それが落ちるまでの間に陽の紅茶用のお湯を新たに沸かす。

コーヒーのお湯が落ちる頃、丁度陽の紅茶のお湯が沸いた。

カップを温めていたお湯を捨てて紅茶を淹れ、他に準備していたカップにもコーヒーを注ぎ始めたが、

「おばあちゃん、コーヒーをのむのはふたりなのに、どうしてみっついれるの？」

手嶋が準備していたカップ――ヘレンドのコーヒーカップが二つと、もうひとつある鮮やかな青色のカップを指さし、陽が問う。

「三つ目は、お父さんの分なのよ」

微笑んで手嶋は言い、

「伽羅ちゃん、この砂時計が落ちたら、陽ちゃんの茶葉を引き上げてくれる？」

陽の紅茶を準備した時にセットした砂時計を示しながら伽羅に言い、青いカップに入れたコーヒーを小さなトレイに載せた。

「おばあちゃん、どこにいくの？」

「お父さんのお仏壇のところよ」

「おぶつだん……。ボクもいっていい？」

陽が言うのに手嶋は頷いた。

仏壇が置いてある和室は、廊下を挟んだリビングの向かいの部屋にあった。

手嶋は仏壇の前にコーヒーを置くとおりんを鳴らす。

「お父さん、コーヒーが入りましたよ。それから陽ちゃんが来てくれたわ」

笑顔で報告し、りん棒を陽に渡した。

手嶋の隣に座った陽は、受け取ったりん棒でおりんを鳴らし、手を合わせて、

「こんにちは、はるです」

挨拶をしてから、仏壇の上にある笑顔の遺影を指さした。

「……あれがおじいちゃん？」

半分くらい髪の白くなった、メガネの老人が笑っていた。

「そう、おじいちゃん」

「やさしそう」

「ええ、とても」

手嶋はそう言ってから立ち上がると、

「さ、紅茶を飲みに戻りましょうか」

陽の手を引いて戻った。

お茶はキッチンと続き間になっているリビングで飲んだ。

「手嶋殿の旦那さんは、コーヒーがお好きだったんですかー？」

わざわざ供えるということはそういうことなのだろうと踏んで伽羅が問うと、

「ええ、とっても！」

懐かしそうに笑う。

「でも、私はどちらかといえば紅茶派だったの。考えてみれば、仲は良かったけれど趣味はいろいろ違ったわね。カップ一つにしても、私は洋食器が好きで、ヘレンドとか、ウェッジウッドとかジノリとかを買っていたんだけれど、お父さんは和食器が好きでね。旅行に行くといろんな窯《かま》元《もと》の気に入ったものを一つずつ集めてたわ」

「じゃあ、さっきの青いカップも？」

「あれは九谷《くたに》ね。あの綺麗な青色に惹《ひ》かれて買ったみたい。他にもたくさんあるのよ、見てくれる？」

手嶋はそう言うと、夫が集めていたというコレクションをカップボードからいろいろと出してきた。

「これが信楽《しがらき》、こっちは益子《ましこ》、これは萩《はぎ》で、陽ちゃんが見てるのは伊万里《いまり》」

「いまりって、もようが、すごくきれい」

鮮やかな絵付けがされた伊万里焼のカップを見て陽は言う。

「華やかでしょう？　お父さんが持っていた中で一番派手なのよ。お正月とか、おめでたいときに使ってたわ。今はどれも順番に出してるけれど、伊万里は私もお正月、お盆、春と秋のお彼岸《ひがん》に出してるわね」

手嶋はほかにも小皿を持ってくる。

それはどれも二つずつあり、夫婦それぞれの分なのだろう。

「焼き物の数だけ、旅行に行かれたんですね」

伽羅が言うのに、手嶋は頷いた。

「お父さんが定年退職してから、一年に一回は絶対。一つ二つ買うだけでも、十年もあればこんなにたくさん集まっちゃって」

「食器を見るたびに旅先の思い出があっていいですね」

その言葉に手嶋はいたずらっぽく笑う。

「そう思うでしょう？　でも、意外と別行動なの」

「え、どうして？　いっしょにいってるのに？」

陽が不思議そうに問い、伽羅も頷く。

「おばあちゃんと、趣味が合わなかったの。最初はね、旅行で一緒に回ってたんだけど、私がいるとお父さんは工房の人といろいろお話ししたいのに、できなくてね。私も『買うものが決まってるなら、サッサと買えばいいのに』って思っちゃうからお互いにストレスだったのよ。だから、お父さんが工房に行くときは、合流する時間と場所を決めて別行動だったのよ」

懐かしそうに手嶋は言う。

「でも、手嶋殿がいないと、とんでもない値段のものを買ったりとか、心配じゃなかったですか？」

その伽羅の言葉に、

「それはお互い様かしらね。旅行にはお互い、決まった金額をお小遣いとして持っていくから、その範囲内ですませてるんだしね。私も、値段を聞かれたら困るもの、買ったりしてたもの」

手嶋が笑って言う。

確かに手嶋の好きな洋食器は、一客《いっきゃく》で一万円を超えるものも多い。

だからこその「お互い様」なのだろう。

「ここだけで日本全国の窯元が見られる勢いですね。わざわざ出してもらってありがとうございます」

伽羅が礼を言うと、

「見てもらうのも供養《くよう》だもの」

手嶋はそう言って、愛し気に近くにあった信楽焼のカップのふちに触れた。

陽はその様子を見て、少し考えてから口を開いた。

「おじいちゃんが、いなくなっちゃったとき、おばあちゃんは、かなしかった?」

陽の問いに手嶋は頷いた。

「もう、とても。すごくすごく悲しくて、お菓子を作ろうっていう気も全然しなくなっちゃったわ」

手嶋の言葉に陽は驚く。

陽からすれば、手嶋は「お菓子作りの上手なおばあちゃん」で、いつもといえば大袈裟だが、とにかく週に二度か三度はお菓子を作っているイメージがある。

それなのに、お菓子を作る気がしなかった、というのが信じられなかった。

「お菓子を作って、それでお父さんとお茶を飲むってことが多かったから、道具を見るだけでもお父さんを思い出して悲しくてね。道具もしまい込んじゃってたのよ。でも、診療所で陽ちゃんと会って……陽ちゃんが荷物を持って家まで送ってくれたでしょう?」

手嶋が言うのに陽は頷く。

たまたま、陽が診療所に戻ってきた時に診察を終えて帰る手嶋と会って、家まで送ったのだ。

「その時に陽ちゃんがお菓子が大好きだって言ってるのを聞いて、久しぶりに作ってみようかと思うようになったから、それからまた作り始めたのよ」

微笑んで言う手嶋に、

「……じゃあ、いまは、もうかなしくないの?」

陽は聞いた。

「そうねえ……。全然悲しくないわけじゃないのよ。でも、お父さんとの楽しかったことを思い出すことのほうが多いわねぇ」

悲しみが少しずつ癒えて、優しい思い出のほうが記憶の中の面積を増やしていく。

それは、人間であればよくあることだと長く生きて「人」を見てきた伽羅にはよく分かる。

だが、幼い陽には手嶋の言葉を理解することができなかった。

「おかげで、俺もこうして手嶋殿からお菓子を学べてますし、陽ちゃんのお菓子好きは役立ってますねー」

伽羅が明るい声で言うのに、

「ええ、本当に。でも、ごめんなさいね、今日は何もなくて」

手嶋が気遣う。

「いえいえ、催促したわけじゃないんですよー」

伽羅が両手を左右に振って慌てる。

「分かってるわ。ああ、伽羅ちゃん、何か作ってみたいものあるかしら？」

「そうですねー、久しぶりに作るんで、基本を見直すって意味でスポンジを焼きたいかなーと思うんですよねー」

「ああ、じゃあそうしましょう、それでケーキを作って……。陽ちゃん、いちごがたくさん載ったケーキ、好きでしょう？」

手嶋の言葉に、陽は頷く。

「おばあちゃんのつくるおかしは、どれもおいしいからだいすき」

「ふふ、じゃあ頑張って作らなきゃ」

「俺も頑張りますよー」

伽羅は握り拳を作って軽く上げる。

その後しばらく、作るお菓子の話や、陽が食べたいお菓子の話をしてから、伽羅と陽は手嶋の家をあとにした。

伽羅はそのまま帰宅し、陽はいつもの集落お散歩パトロールだ。

——きょうは、どのみちをいこうかな……。

そう考えて歩き始めたが、園部のことが気になって、いつものように気ままに歩く気持ちにはなれなかった。

——そのべのおばあちゃん、どうしてるか、みにいこう……。

陽は足を園部の家に向けた。

昨日、「視《み》えた」のは「夜」のことだった。

だから昼間の今なら園部は元気なはずだ。

——もし、げんきがなかったら、りょうせいさんをよびにいって……。

そんなことを考えながら、足を急がせる。

園部の家についた陽は、まず、そっと縁側から園部の様子を覗いた。

縁側の窓は閉まっていたが、そこからはベッドに腰掛けて座った園部が、ベッドの近くの椅子に座った近所のおばあちゃんたちと楽しく話しているのが見えた。

——おばあちゃん、げんきだ。よかった……。

楽しくおしゃべりをしているのを中断させるのは悪いので、陽はそっと園部の家を離れた。

園部が亡くなるのが「いつ」かは、まだ陽には分からない。

でも、気配が薄いのは昨日と同じで、間違いなく遠くない先に、その日が来るのは分かる。

――まいにち、あいにきたら、わかるかな……。

単純に陽はそう思う。

「分かった」その先のことなど、考えもしないで。

◆◇◆

その日の夜、陽とシロの寝かしつけは伽羅が行った。

そして琥珀が風呂から上がり、涼聖が入浴している間に、伽羅は琥珀に陽のことで相談をもちかけた。

「琥珀殿、陽ちゃんのことなんですけど……」

伽羅が切り出すと、琥珀は頷き、

「今日は助かった。そなたのおかげだ」

目元が腫れたままの陽を集落へ連れて行かずにすんだことについて、琥珀は礼を言う。

「いえ、琥珀殿が俺でも同じようにしたと思いますし」

伽羅がそう言ったとき、突然、水屋簞笥の上からぴちゃん、と水音がした。

そして、伽羅の背後にスタッと軽い音を立てて、何かが着地する音と気配があった。

「陽のことを話しているようだが？」

華麗《かれい》な着地を決めた龍神はすっと立ち上がりながら聞いた。

「龍神殿、起きておいででしたか」

琥珀が問うと、龍神は頷き、部屋の端に積んである座布団を取ってくると、適当な場所に置き腰を下ろした。

「陽の様子がおかしい。何があった」

「気づいてたんですか？」

伽羅が少し驚いた様子で聞くと、龍神は頷いた。

「ウトウトとはしていても、波動は伝わってくるゆえな。昨夜より、陽の波動が落ちている。琥珀が戻っているというのに、陽が落ち込むなどあり得ぬ。……何があった」

再度、龍神は問う。それに琥珀は口を開いた。

「陽を可愛がってくれている集落の老女の一人の死を陽が予知した」

「それで、命を救ってほしいと頼まれたか？」

「いや。……言葉にはしなかったが、それに近いことは望んでいるやも知れぬ。だが、人の理に手を加えてはならぬのが道理。それを伝えたうえで、何が人のためになるのか、考えるようにとだけ」

琥珀の言葉に龍神は一つ息を吐いた。

「陽にとっては酷《こく》だろう。善悪の判断はできても、それを理解できるほどの経験はまだない。……今の陽にできることなど、たかが知れている。好きにさせてやればよいではないか」

龍神の言葉通り、今の陽には人の寿命をどうこうできる力があるわけでもない。

そして、圧倒的にいろいろな経験が足りていない。

その中で、親しい人の「死」を予知してしまったことに、どう対処していいのかは分からないだろう。

「……今、それを許せば、後に陽が力を持った時の基準が甘くなる可能性が出てくる。人の生死に関わることは、誓願《せいがん》されて請け負《お》ったわけでなければ、してはならぬこと。請け負ったとしても……」

そこで琥珀は言葉を切る。

それを引き継いだように伽羅が口を開いた。

「そうなんですよねー。病気の家族がいて、その家族に参列してほしいから結婚式までお願いします的な御願いとかされること、結構ポピュラーにあるんですけど……聞き入れて問題のない人のことではあっても、本来その部分に関わらないようにって言われてる俺たちだと、ちょっと反動きますもんね」

琥珀も、以前経験した。

集落の老女の一人の体から魂が抜けかけた時、琥珀はそれを強引に引き戻した。

その老女から「ひ孫が生まれるまで」と願いをかけられていたからだ。

だが、本来、琥珀は「人の寿命」については関わることを許可されていない。

健康を願われることと寿命を延ばすことは、扱いが別なのだ。

そのため、琥珀は老女の延命をしたあと、自分の力を大幅に削られた。

「陽は優しい子だ。それゆえ、情に流されてしまう。それが怖いのだ」

力の使い方を誤れば、魂の「格」が下がる。

一度や二度なら問題はないだろうが、問題ないからと続けてしまった果てに待っているのは、妖《あやかし》に身を落とすか、酷ければ野狐《やこ》化のどちらかだ。

「とはいえ、情のない育ち方をしてほしくもないであろう」

龍神は琥珀の胸のうちを見透かしたように言い、

「たしか、陽の両親はもうとうに亡くなっているだろう。その時はどうだった」

続けて聞いた。

「……あの頃の陽はもっと幼く、生死の意味を深く理解してはいなかった。だが、今はいろいろなことを知り『死ぬ』ということがどういうことかを、以前よりも理解し、感じるようになっている」

陽の両親が亡くなったのは、涼聖と出会うもっと前のことだ。

野生の環境で生きる狐としては平均的な寿命だった。

その時の陽は「もう会えない」ということを理解したが、琥珀のもとで暮らすようになってから、両親とは時折会う程度になっていたので、普段会えないことが「普通」になっていた。

そんな「普通」が長く続いて、「死ぬ」とは「いなくなる」ということだと理解したようだが、その時にはまだ何かを感じるほど、陽の心は成長していなかった。

「陽の心が育っているのは、嬉しい事柄でもある反面で、人との距離が近すぎることが今後、陽が『神』として下す判断基準を崩すことに繋がるかもしれぬ」

琥珀は深く悩んだ様子で言う。

しかし、龍神は、

「陽が成長するにはまだまだ時間がかかる。その間にもっと様々なことを経験し、学ぶ。今はそこまで心配せずともいいだろう。……陽の育成には我も関わるゆえ、道を踏み外すようなことはさせぬ」

はっきりと言い切った。

「……ありがたい」

純粋に琥珀はそう思って言ったが、伽羅は、

「お酒は教えないでくださいよー？」

とりあえず一番の懸案事項を突っ込んでから、

「でも、陽ちゃんがうらやましかったりもしますよ、俺」

と言った。

「うらやましい？」

問い返す琥珀に、伽羅は頷いた。

「俺は基本的にずっと本宮にいましたから、自分と人間との間に距離っていうか、やぱりすごい違い、みたいな感覚を持ってたんですよね」

「……それが普通であろう？」

龍神が首を傾げつつ言う。

「そうなんですけど、やっぱり人に祀られてナンボってとこあるじゃないですかー？　でも、人がどんなふうに考えて、どんなふうに悩んでってとこ、理解できなかったりしたんですよね。すぐに欲に駆られるし、疑うし。だから、人の事情を汲《く》む、みたいなの、できなかったんですよ」

幸せになりたいと願いながら、目先の欲に駆られて、堕《お》ちていく者。

人に騙されたことを嘆《なげ》きながら、自分もまた人を騙す者。

進むべき道が示されていながら、ほんの少しの躓《つまず》きで投げ出し、世を恨む者。

人の愚かしさを見るたびに、理解ができなかった。

「でも、本宮勤めをしてるうちは、そのあたりに関しては、まあそんなにできてなくてもってとこあるんですよね。なんせ周りにいるのは稲荷ばっかりなんで、そっちとの関係が円滑なら回りましたし」

直接人の願いを聞き入れるかどうかに関しては、伽羅は判断しなくてもいい部署に配属されていたことも大きい。

「ただ、本宮を出て、しばらくの間別の神社に転籍してた時に、そこの先輩稲荷が人の悩みを解決するのに悩んでる姿を見て、なんで悩むんだろうって思ったんですよ。叶えていいか悪いか、なんてすぐ分かることなのにって。……でも、それって『人のこと』を知らないからってとこがあったんですよね。ここにきて、少しずつ集落の人たちと親しくなるうちに、叶えなくていい願いはまあ分かるとして、叶えるって決めたことにしても、どういう形にするのかで『その後』が違ってきちゃったりもするしってところを知ったっていうか……」

例えば、体の痛みを訴えてくる者がいたとして、不調のもとを断ってやるのはたやすいことなのだ。

だが、痛みの原因となる行為を本人が理解しないうちに治ってしまえば、同じことの繰り返しになる。

だから、まずは原因となる行為を指摘してくれる者と出会わせ、繰り返すことの理由に導いてやる。

手間と時間はかかるが、そのほうが確実に本人のためにはなるのだ。

「だからこそ、どういう方法が一番いいかなーって悩むことも増えたりするんですけど……陽ちゃんは『人のことを知る』ってとこは、自然と今、勉強中っていうか、習得中じゃないですか。だから、これから、稲荷としてのいろんなことを学ぶ中で、それは絶対にマイナスにはならないと思いますよー」

伽羅が言うのに、琥珀は頷きつつも、ため息をつく。

「そうであってほしいとは思うが……」

「まあ、今の年齢の陽ちゃんにとって、身近な人の『死』っていうのは、どう受け止めていいのかってとこ、あるとは思うんで……いっぱい悩むんだろうな、とは思うんですけど」

陽が人と近すぎる距離で生活することになったのは自分のせいだと琥珀は感じている。

今、陽が抱えている苦悩は、人との適切な距離を保たせることができなかったゆえに起きたことだ。

だが、悩む琥珀に、

「悩めばよい。それが『人に祀られるもの』の仕事だ」

龍神は言った。

『人に祀られるもの』は人のことを知らねばならない。

そうしなければ、助け、守り、導くことなどできないからだ。

「龍神殿格好いいー……ってとこなんですけど、悩んだことなさそうな龍神殿に言われてもなーって気もちょっとするんですよねー」

おどけた様子で失礼な発言をした伽羅の言葉に、琥珀は少し笑う。

しかし龍神は、

「まあ、我ほどになれば、悩むことなどさほどないがな」

ディスられたことに気づいてなさそうな様子でドヤ顔をして、伽羅は「はいはい」と適当に相槌を打って流すのだった。

3

翌日も陽は園部の家に、様子を見に行った。

家の前にはケアセンターの車が停まっていて、陽は昨日とは違い玄関へと向かった。

玄関の引き戸は施錠がされておらず――このあたりでは珍しいことではない――、陽は戸を開けて中に入った。

「こんにちはー」

声をかけると、少ししてヘルパーの女性が玄関に姿を見せた。

陽も知っているヘルパーだ。

「あら、陽ちゃん、こんにちは」

「こんにちは。おばあちゃんは、げんきですか?」

陽が聞くとヘルパーは、

「ええ、元気よ。ああ、上がって、おばあちゃんに顔を見せてあげて。おばあちゃんきっと喜ぶから」

そう言った。陽は、おじゃまします、と挨拶して家に上がった。

園部のベッドが置いてある部屋に行くと、園部は昨日、近所の人たちが来ていた時と同じようにベッドに座っていた。

「おばあちゃん、こんにちは」

陽が挨拶すると、園部は顔を陽へと向け、姿を確認して笑みを浮かべた。

「あら、陽ちゃん。来てくれたの？」

優しい声で言うのに、陽は頷き歩み寄った。

「うん。おばあちゃん、げんき？」

「ええ、元気、元気」

「すわっていい？」

ベッドのそばの椅子を指さして言うと、もちろん、と園部は返し、陽は少しよじ登るようにして座った。

「お散歩の途中？」

「うん。えっとね、これから、はしのところまでいくの。そこから、はしをわたってたんぼをみにいくか、やまのほうにいくか、どっちにしようかなっておもってるの」

陽の言葉を園部は目を細めて頷きながら聞く。

「山のほうへ行くなら、雪が解けてぬかるんでるから、滑らんように気をつけんとねぇ」

「じゃあ、たんぼのほうにいこうかな。あのね、れんげがさきはじめてるんだよ」

「あら、もう蓮華《れんげ》が咲き始めてるの？」

「うん。あとね、うぐいすさんが、なくれんしゅうをはじめたの。でもね、まだれんしゅうしはじめたばっかりで、へたくそなの」

陽がそう言って鳴きまねをすると、園部は笑った。

園部の気配の薄さは変わってはいない。

だが、変わっていないということはまだ時間があるということなのだろうと判断して、陽は少し安心した。

三十分ほど、園部と話して、話題が一区切りした頃、

「ああ、楽しかった。陽ちゃん、お散歩の続き行っておいで」

園部が微笑みながら言う。

それは集落のローカルルールだ。

集落のアイドルである陽を独り占めせず、適度な時間でリリースが推奨されていて、それにのっとったものである。

陽はそんなルールがあることなどまったく知らないが、集落ではいつもそうやって送り出されるので、何の疑問も持つことなく頷いた。

「うん。……おばあちゃん、あしたも、きていい？」

その言葉に園部は嬉しそうに笑うと、陽の頭を撫でた。

「もちろん」

「じゃあ、またあした、くるね」

そう返して、椅子からずりおりる。

「散歩、気をつけて行っておいでね」

園部の言葉に陽はもう一度頷いて、園部の家をあとにした。


翌日の午後も陽は園部を訪ねた。

午後にしたのは、昨日訪ねたのが午後で、そのほうがいいかなと思ったからだ。

今日もケアセンターの車が停まっていて、それに陽は首を傾げつつ、玄関の戸を開けて声をかける。

「こんにちはー」

その声に出てきたのは、昨日と同じヘルパーだ。

「こんにちは、陽ちゃん」

「こんにちは。ヘルパーさん、きょうもくるひなの？」

「ええ、そうよ」

「まえは、いちにちおきで、げつようびと、かようびにつづけてきてたでしょう？」

陽の記憶では、園部は週に四日、ヘルパーが来ていて、今日は休みの日のはずなのだ。

「あら、陽ちゃん、よく知ってるのね」

ヘルパーは驚いてから、

「しばらく、毎日来ることになったのよ」

そう説明した。

――まいにち……。

それなら少し安心かもしれないと思う。

視えたのは園部が一人で亡くなるところだった。

もし、ヘルパーの来ない日だったとしたら、具合が悪いのに気づいてもらえなくて、という可能性もあるからだ。

少なくとも毎日ヘルパーが来るのなら、何かあれば異変に気づくだろうし、もしかしたら、未来だって変わるかもしれない。

そんなふうに思いながら陽は園部のいる居間へと向かった。

「おばあちゃん、こんにちは」

挨拶をして部屋に入ると、園部は嬉しそうな顔をした。

「こんにちは、陽ちゃん。来てくれたのねえ」

「うん。でもね、くるの、すこしおそくなっちゃった。ごめんね」

陽は謝りながら、ベッドに腰掛けている園部のもとに向かう。そして、手に持っていた蓮華の花を園部に見せた。

「れんげ、つんできたの」

「まあ、綺麗に咲いてるわね」

「おばあちゃんにプレゼント」

「あらあら、おばあちゃんに？　ありがとう、陽ちゃん」

園部が喜ぶ姿に、陽は嬉しくなる。

――でもこのままだとしおれちゃう……。

何かないかな、と思って陽が視線をめぐらすと、ベッドの横の棚の上に、園部が飲んだと思われる乳酸菌飲料の小さなプラスチック容器があった。

「おばあちゃん、このいれもの、もうつかわない？」

陽の問いに園部は頷いた。それに陽は容器を手に取ると、台所にいるヘルパーのもとへ向かった。

「ヘルパーさん、これ、あらって、おみずいれてほしいの」

「いいわよ？」

不思議なことを言い出すな、と思った様子だが、基本的に子供の言うことや、やることは不思議なことが多いと認識しているらしく、ヘルパーは陽の言うとおり、容器を綺麗に洗って、八分目くらいまで水を入れた。

「これでいいかしら？」

「うん！　ありがとう」

陽は礼を言って、園部のもとに戻る。

そして園部が手に持ったまま眺めている蓮華を指さした。

「おばあちゃん、れんげ、ここにいれたらしおれないよ」

「あら、花瓶にして持ってきてくれたのねぇ」

園部はそう言うと、陽に蓮華を渡した。陽は受け取った蓮華を容器に入れ、棚の上に置いた。

「ここでいい？」

「ええ、ありがとう」

お礼を言われて、陽が照れたように笑ったとき、ヘルパーが居間に顔を出した。

「園部さん、今日はこれで帰りますね。また明日来ます」

「はいはい、気をつけてねぇ。お世話さま」

園部が言うのにヘルパーは笑顔を見せ、そして陽へ手を振る。

「陽ちゃん、ばいばい」

「さようなら」

手を振り返して、送り出す。

家には園部と陽の二人きりになった。

「陽ちゃん、今日は何してたの？」

園部に問われ、陽は朝、起きてからのことを話す。

大したことのない話ばかりだが、園部は楽しそうに聞いて頷いてくれる。

おしゃべりのあと、園部が昔話を聞かせてくれた。

今日の話は桃太郎《ももたろう》だ。

順当に、犬、猿、雉《きじ》をお供にして鬼ヶ島《おにがしま》へ、となったあたりで、

「ソノさーん、上がるわよー」

玄関から、陽もよく知っている集落の松川《まつかわ》という老女の声が聞こえてきた。

そしてややすると、松川以外にも東出《ひがしで》、そして三国《みくに》が一緒だった。

「玄関に小さい靴があると思ったら、やっぱり陽ちゃん」

「こんにちは、おばあちゃん」

陽が挨拶すると、三人はにこにこして口々に「こんにちは」と返してくる。

「いまね、ももたろうのおはなしを、きかせてもらってたの」

「あら、途中でおじゃましちゃったわねぇ」

「おにがしまにいくところなんだよ」

陽が説明すると、

「ここからが、一番の見せ場じゃねえ。私たちも聞かせてもらおうかいね」

東出が言い、松川と三国も頷き、続きは四人で聞いた。

そして無事鬼退治が終わり、めでたし、めでたし、のあとは、みんなで集落の話だ。

今年はどれだけ梅が実をつけるか、つけたらどのくらい梅干を作るか、というような話から始まり、誰のひ孫が小学校にあがったらしい、という集落のプチ情報が一段落すると、

「陽ちゃん、散歩の続きは行かんでもいいの？」

園部が陽に声をかけた。

それに陽はどうしようか悩む。

園部が死ぬのが「今日」ではないことは分かる。

だが、それでも心配で、できるだけそばにいたい気がするのだ。

しかし、

「今日は天気ええから、陽ちゃん、散歩行っといで」

三国が促し、

「ばあちゃんらは、今から女子会じゃ」

東出が笑う。

それに、陽は頷いて、

「じゃあ、おさんぽいってくる。……おばあちゃん、またくるね」

園部に手を振った。

「気をつけて行っといでね」

園部が手を振り返してくれる。それにも一度頷いて、陽は園部の家をあとにした。

◆◇◆

診療所のある日は、毎日園部の顔を見に行けるが、診療所が休みの日はそういうわけにもいかない。

今まで通り、街に出かけての買い出しは楽しかったりもするのだが、これまでのように楽しいばかりではなくて、少し気持ちが落ち着かなかった。

この日も、街の大きなスーパーに買い出しに行き、そこで昼食もすませて家に戻ってきた。

そのあと、伽羅は夕食の仕込みが終わると、上の自分の家に用事を片づけに行き、琥珀は庭の祠に入って、稲荷としての仕事を始めた。

家に残ったのは涼聖と陽、そしてシロと龍神だ。

だが、龍神は金魚鉢の中で静かにしているし――おそらく寝ている――シロはきなこと一緒に縁側で昼寝だ。

涼聖は居間のちゃぶ台で難しそうな本――表紙がアルファベットばかりのものだ――を読みな

がら、手帳に時々何かを書き込んだりしている。

陽は同じくちゃぶ台に向かって、お絵かき帳を開いているのだが、手がまったく動かなかった。

「……りょうせいさん、すこし、おはなし、いい？」

遠慮がちに声をかけると、涼聖はすぐに本から目を離して陽を見た。

「どうした？　退屈したか？」

一応、涼聖は本を読む前に、みんないないから、何かして遊ぶか？　と声をかけたのだ。

だが、陽は気乗りがしない様子で、だいじょうぶ、と言って自分でお絵かき帳を広げた。それで涼聖も本を取ってきて読み始めたのだが、やはり退屈してきたのかなと思ったのだ。

「ううん。……あのね、そのべのおばあちゃん、やっぱりどこかわるいの？」

しかし陽は涼聖が思っていなかったことを聞いてきた。

「園部のおばあちゃんがどうかしたのか？」

陽は勘が鋭《するど》い。もともと子供は勘の鋭い子がいるが、ましてや陽は稲荷になる素質を秘めている。

何かを感じ取ったとしてもおかしくはないと思った。

そして聞いた陽はといえば、自分が園部について「感じて」「知った」ことを涼聖に伝えてはいけないというのは分かっていたので、

「えっとね、ヘルパーさんが、まいにちきてるから、おばあちゃん、どこかわるいのかなっておもったの」

核心に触れないように、注意して聞いてみた。

涼聖は、陽が疑問を抱いた理由が分かったので、

「何かあったわけじゃない。でもおばあちゃんはもう、ずいぶんと歳を取ってるだろう？　それに一人暮らしだから、困ったことがないように、毎日来てもらうことにしたんだ」

まず、軽く説明してみた。

それで納得してくれればいいと思ったのだが、

「じゃあ、元気なの？」

陽は重ねて聞いてきて、涼聖は言葉を選ぶ。

「んー……、病気じゃないってことを『元気』っていうなら、そう言っていいとは思う。でも、おばあちゃんは百歳を超えた長生きのおばあちゃんだからな。いろんなところが、少しずつ弱くなってる。だからそういう意味では『元気』っていうのとは違うかもしれない」

その説明に、『しんじゃうってこと？』と聞こうとして、でも陽は聞けなかった。

もしはっきり涼聖にそうだと言われたら怖かったからだ。

もちろん、今の説明の延長線上に、それがくることは分かっている。

陽だって、「視た」のだから。

けれど、医者である涼聖に肯定されれば——ごまかすこともできない。

分かっていても、はっきりさせたくない。

でも気になる。

いろんな感情がごちゃごちゃになって、陽はどうしていいか分からなくなった。

「おばあちゃんのことが、心配か？」

「……おさんぽ、いつになったらいけるかなって…」

問う言葉に、そう答えるのが精一杯だった。

「今は、まだ雪解けの水で地面がぬかるんでるから、おばあちゃんが外に出るのは危ないな。滑って転んで怪我をしたら、大変だ」

涼聖は無難に返したが、ケアセンターから送られてくる園部の報告は、決して楽観視できるものではない。

今はまだ家の中を歩く程度のことならできているが、衰《おとろ》えは明らかだ。

「おけがしたら、あぶないね」

陽が言うのに涼聖は頷いた。

「ああ。だから雪が全部消えて、ぬかるみがなくなったらな」

涼聖が言うと、陽は「うん」と返事をしてから、

「ツリーハウスにいってきていい？」

そう聞いた。

陽のツリーハウスなので好きな時に行けばいいのだが、どこにいるか分からなくならないよう

に、家の外に出るときは必ず誰かに言ってから、というのが小さなルールだ。

「ああ、行ってこい」

涼聖に送り出され、陽は縁側からツリーハウスへと向かう。

その後ろ姿を見ながら、涼聖は陽のことが気になった。

おそらく、そう遠くない先で、園部との別れがある。

それを陽がどう受け止めるのか、心配だった。


庭のツリーハウスは、トム・ソーヤの絵本に出てくるツリーハウスに憧れた陽のために、宮大工の佐々木《ささき》を中心に、工務店の関《せき》などが作ってくれたものだ。

その外観は「トム・ソーヤ」の世界観からは遠く、「神社の祠が木の上に？」的な立派なものであるが、陽にとっては世界にたった一つのオリジナルツリーハウスで、大事な宝物だ。

だから、診療所のお休みの日にはちゃんと掃除をし、いつも綺麗にしている。

そのツリーハウスの中の収納を兼ねたベンチシートに腰を下ろし、前の机に頬杖をついて陽は園部のことを考えていた。

――そのべのおばあちゃんのこと、りょうせいさんにはなしたら、なんとかなるのかな……。

涼聖は、すごいお医者様だと陽は思っている。

診療所の待合室で、ものすごく不安そうな顔をしていた人も、涼聖の診察室から出てくると、みんな安心した顔をしているからだ。

でも、その涼聖でも、園部のことは難しいのだろうというのも分かる。

——だけど、もしかしたら……。

期待と相反する気持ちが交互に湧きおこる。

思考が堂々巡りの末に迷走を始めて、陽の眉が情けなく下がった頃、ツリーハウスの扉をカリカリとひっかく音が聞こえた。

陽が扉に向かい小さく開くと、そこにはきなこと、きなこの背に乗ったシロがいた。

「シロちゃんときなこちゃん…」

「はいってもいいですか？」

シロが問う。

「うん。きなこちゃん、ツリーハウスははじめてだね」

陽が言うと、きなこは小さく、にゃ、と鳴いて中に入ってきた。そして陽にシロを託すと、気ままにツリーハウスの中を歩き回り、隅に置いてある小ぶりの座布団の上にお腹を付けて座った。

きなこは、屋内では安全を確信しているのか香箱座《こうばこずわ》りをするが、庭ではすぐ動けるようにスフィンクス座りをして、まだまだ野良猫としての意識を保っている。

ツリーハウスは初めて来たところだからか、まだスフィンクス座りである。

それでもそのまま目を閉じたところを見ると、一応は安全な場所だと認識したらしい。

きなこが落ち着いたのを見てから、机の上に座ったシロが口を開いた。

「はるどの、なにかおなやみでしょうか？」

「いつぞやのよる、こはくどのにはなしておられた、しゅうらくのおばあさまのことが、ごしんぱいなのではありませんか？」

「シロちゃん……」

シロの言葉に、陽はこくんと頷いた。

「あのね、しゅうらくにいる、そのべのおばあちゃんがね……」

陽はぽつぽつとシロに話した。

優しくて、陽の大好きなおばあちゃんの一人であること。

百歳を超えていて――多分、もうそんなに長くは生きられないということ。

それを、知ってしまったこと。

この前の夜に聞いた話が大半だったが、シロは陽が話し終えるまで黙って聞いていた。

そしてひとしきり陽が話し終えてから、

「はるどのの、なやみのこたえになるかどうかはわかりませんが、われは、みおくられたけいけんも、みおくったけいけんもあります」

落ち着いた口調で切り出した。

「われがしんだときは、もともと、やまいがちでもありましたから、さみしくはありましたが、しかたのないことだとおもったのをおぼえています」

風邪を引けば、必ず寝込んでなかなか床から離れることができなかった。

――大きくおなりになれば、体も強くなります。風邪など、簡単にふきとばせるようになりますからね――

看病をする母親はそう言っていたが、病を重ねた体は弱る一方で、子供心にも、多分、大人になることはできないのだなと思っていた。

そして、実際にシロは大人にはなれなかった。

数えの五歳になる前、シロは命を落とした。

その時に家族がどうしていたのかは、覚えていない。

ただ、最期の時に母親が泣きながら、手を握ってくれていたことははっきりと覚えていた。

「ははうえのてがあたたかく、とてもあんどしたのを、おぼえています」

そして、気がつけば――座敷童子になり損ねた状態で家の中に留まっていた。

なぜそんな中途半端な状態になってしまったのかはわからないのだが、生きていた頃と違い、走っても息切れしないし、冬にどれだけ薄着でも風邪をひかないのは、嬉しかった。

「それとどうじに、なんにんものひとを、しられることなく、みおくってきました。……みおくるがわは、いつでもかなしいものです」

それは、「人ならぬもの」となってからも、変わらなかった。

生まれた頃から知っている者が、様々な逝《い》き方をした。

シロのように幼くして亡くなる者もいれば、大往生《だいおうじょう》といっていい者もいた。

家の中で亡くなる者も、家の外で亡くなる者も、様々だ。

「あれもしてあげればよかった、これもしてあげればよかったと、くやむものもおおくいました。

……われには、なにがただしいのかはよくわかりません、はるどのの『せいいっぱい』をそのべどのにしてさしあげればよいのではないかとおもいます」

シロはそう言ったが、陽は、

「でも、しちゃいけないことも、あるんでしょう？　ほんとうは、そのべのおばあちゃんがしんじゃうってことも、ふつうは、しらないことなんでしょう？」

眉根を寄せて返す。

それにシロは少し考えてから言った。

「ほんらいであれば、われらのようなものは、ひとまえにすがたをあらわさぬものです」

「うん。……こはくさまも、まえは、ひとにすがたをみせちゃだめって」

だから、初めて涼聖と会ったときは、「ダメなことをした」と思って焦った。

けれど、涼聖は優しくて、陽は何度も会いに行った。

実際、その優しさは変わらず、陽が本当は狐だと分かったあと、琥珀が怪我をしたときも家に連れ帰って琥珀の怪我を治してくれて、琥珀が元気になるまで家においてくれた。

「ですが、こうして、ひとまえにすがたをあらわし、ひとのなかでいきています。……そのことは、けっしてぐうぜんではなく、いみがあってそうなったことだとおもうのです」

考え考えしながら言うシロの言葉に陽は、そういえば、いつの間にか涼聖の家へ住むことになっていたのを思い出した。

どうしてそうなったのか、陽は聞かなかった。

単純に、涼聖と一緒に暮らせるのが嬉しかったし、琥珀が元気になって、お腹を空かせることなく、毎日ご飯を食べられるのも嬉しかったからだ。

「ボクがりょうせいさんのおうちにいることになったのも『いみがあった』ってことなの？」

「われは、そうおもいます。われがこうして、はるどのとであったことも、すべて。それが、どのようないみをもつのかは、われにはわかりませんが……はるどののおもう『せいいっぱい』をすることは、わるいこととはおもえぬのです」

人の世界に関与することはあれど、必ず一線を画し、人目に触れぬようにする。

それは、暗黙の了解ともいえる事柄だった。

しかし、ここでは違う。

もちろん偶然かもしれない。

しかし偶然が重なれば、それは違う意味を持ち始めるとシロは思う。

いや、そう思いたいのだ。

「じゃあ、いけないことじゃないの？」

陽が問う。

「いいこととも、いえぬとおもいますが……わるいこととも」

シロは口を濁《にご》した。

自分の願望が入りそうだったからだ。

陽は少し間をおいてから、

「……むずかしい…」

小さく呟いた。

それにシロも頷く。

「むずかしいことが、ほんとうにおおいです……」

重なる偶然を、どう考えればいいのか。

必然か運命か、それとも仕組まれたことか。

——ざくろどの……。

シロは胸のうちでその名前を呼ぶ。

もし、柘榴《ざくろ》が千歳《ちとせ》の言っていた「赤い目」だとしたら、なんらかの思惑があって、千歳の前やこの周辺に姿を現していると考えたほうがいい。

その思惑が分からないまま、関わっていいとは思えない。

だがどうしても気になった。

龍神は好きにしろと言ってくれているが、涼聖たちを危険に晒《さら》すことになっているのではないかとも思えて、本当に好きにしていいのか分からないのだ。

——ちよはるぎみのことを、ただざがしておいでだというだけならばよいのですが……。

その「千代春《ちよはる》」のことに関しても、シロは何も思い出せないままだ。

思い出せないが、それでも初めて聞く名前でもないという感覚がある。

自分の名前だったのか、それとも兄弟や友人の名前だったのか。

——…ああ、どうしてわれは、こんなにも、いろいろなことをわすれてしまったのでしょうか……。

シロは胸の中でため息をつき、窓の外を見た。

春めいた日差しが、すべてを柔らかく照らし出していた。

◆◇◆

陰鬱《いんうつ》な鈍色《にびいろ》の空は、まるで誰かの心のうちを映し出しているようだと柘榴は思いながら、窓ともいえぬ壁の裂け目に視線を向ける。

「ざくろどの、こくえんさまがおよびです」

使役されている下級魔が、柘榴に与えられている寝台しかない簡素な部屋へ呼びに来た。

ここは黒鉛《こくえん》と名乗るものが作り上げた空間であり、そこにある岩山に作られた石窟《せっくつ》だ。

いくつかある小さな部屋のような空間を柘榴は与えられていた。

「……どこにいる」

「しんでんに」

「わかった」

柘榴は短く返すと部屋を出た。

削られた岩肌がむき出しの廊下には、ろうそくがともる。

迷路のようにうねる廊下を進み、大きく開かれた空間へと出た。

そこが「神殿」と呼ばれる空間であり、他の場所とは違い天井が高く、壁は美しいタイル張りになっていた。

そして床には、八芒星《はちぼうせい》の魔法陣があり、それぞれの角の頂点に設けられた『座』には、連れ去られてきた神々がおかれている。

一見祈っているようにも見えるが、実際には違う。

『座』から離れることはかなわず、そしてその『座』に据えられれば、命尽きるまで力を吸い上げられるのだ。

吸い上げられた力は八芒星の中央にある光の玉へと集められる。

清らかな光を放つ玉の中に、わずかに人影が見えた。

「黒鉛、来たぞ」

柘榴が呼ぶと、鉄色の長い髪と、鈍色の目をした黒衣の男が音もなく姿を見せた。

この男が、この空間の創造主である。

「ようやく来たか」

「使い魔が来たのは、ほんの少し前だ。どうせ、俺を呼びにくる途中で迷いでもしたんだろう」

「ふん…役に立たぬ」

下級の使い魔は、この空間に満ちる力で勝手に生まれただけの存在で、この石窟の中で方向を見失うことがよくある。それほどまでに力も知恵もないのだ。

辿り着けただけ、あの使い魔はまだ頭がいい。

「役に立たぬと分かっているなら、使うのはやめたらどうだ」

「確かに、役立たぬものを長く飼う道理はないな。……それはお前も同じだ、柘榴」

黒鉛はそう言い、鋭い目を柘榴へと向けた。

「器になれる素材はまだ見つからぬのか」

苛立ちの混ざった声で問う。

「そう簡単に見つかるものじゃない。それは分かってるだろう」

ぶつけられた苛立ちを受け流し、柘榴は言うが、

「器に適した素材の一つを、みすみす奪われるような失態を犯しておいて、よく言えたものだな」

棘《とげ》だった口調には明らかな怒りが滲んでいた。

「しかも、龍神などという厄介な一族のものに」

「……おまえが、今は時ではないと言ったんだろう。奪ってこいと言われていれば、あのままここに連れてきた」

神に好かれる魂を持つ、脆弱《ぜいじゃく》な子供だった。

人の体に、神の気は時として毒となる。

ましてや、妖の気などは、特に。

連れてきたとしても、耐えられるような器ではなかった。

そのため、黒鉛は体がもう少し成長するまで待つつもりでいたのは分かる。

だからこそ、あの川で、助けたのだ。

親戚の男たちが駆けつけてこなければ、どうとでもなったが、稲荷や龍神のいる家へ戻られては柘榴には手の出しようもない。

しかし、柘榴の言葉を黒鉛は鼻で笑った。

「奪われた挙げ句の言い草がそれか。何のためにおまえを監視として付けたか理解できていれば、あのような無様な結果にはなっていないだろう。……おまえは、千代春をみすみす失った頃と、何一つ変わっていないのではないか」

千代春の名前を出し、詰《なじ》ってくる。

――私は大丈夫だから。明後日、合流しよう――

千代春の最後の言葉が、柘榴の脳裏によみがえる。

もし、無理にでもついていけば、救えたかもしれない。

あんな結果にはならなかったかもしれない。

苦い思いがこみ上げてくる。

「千代春と出会えたとて、今のおまえでは二の舞を演じるだけだろう」

追い打ちをかけるように黒鉛は言い、

「器が見つけられぬなら、幸寿丸《こうじゅまる》様に役立つ贄《にえ》を連れてこい」

続けて命じる。

「……蛛鬼《もき》がやりすぎた。狐どもが警戒して、うるさい」

そう返す柘榴に、

「それを何とかするのがおまえの役目だろう」

黒鉛は続けて「行け」と吐き捨てるように言い、柘榴は黒鉛に背を向け、神殿をあとにした。

——千代春君……。

守れなかった、大切な人。

今一度、出会うことができれば、今度こそ命を賭して守ると決めている。

そう——出会うことさえ、できれば。

いつ叶うとも知れない願いを胸に、柘榴は「外」に出た。

4

――いいこととも、いえぬとおもいますが……わるいこととも――

ツリーハウスでシロが言ったことを、陽はどう受け止めていいか分からなかった。

――いいことじゃないけど、わるいことでもない。

どっちでもないということは、どういうことなんだろうと悩みながらも、陽は毎日、園部の家に通った。

園部に会いに行くのは、今までもしていたことだから「ダメ」じゃないはずだ。

ただ、毎日じゃなかっただけで。

そして、毎日になったのは、園部はもうすぐ死んでしまうと分かってしまったからだけれど、しかし外に出ることができない園部に会うためだから、多分大丈夫なはずだと陽は結論づけることにした。

「おばあちゃん、きょうはタンポポがさいてたよ」

陽は園部の家に行くときに、お土産の花を摘んでいく。

蓮華も、この前のがしおれて元気がなくなっていたため、新しいものを摘んできて、しおれた蓮華のボトルに新しく水を入れ、摘んできたものと替えた。

「陽ちゃんが、こうしてお花を持ってきてくれるから、お部屋の中にいても、春が来てるのが分かるわねぇ」

ずらりと並んだ乳酸菌飲料の小さなボトルには、蓮華、タンポポ、福寿草《ふくじゅそう》、ホトケノザとそれによく似たヒメオドリコソウ、と陽が見つけた花がずらりと並んでいた。

「おばあちゃんは、どのおはながすき？」

陽が問うと、園部は陽の頭を撫でながら、

「陽ちゃんが持ってきてくれたお花は、どれも好きな花ばかりねぇ」

「ほかには、ないの？　まだ、いろいろあるでしょう？　みつけたら、もってくるよ」

陽が重ねて問うと、園部は、

「あら、嬉しい。陽ちゃんが、春を持ってきてくれるのね」

嬉しそうに笑って言って、

「そうねぇ……松葉海蘭《まつばうんらん》も好きねぇ」

そう続けた。

「まつばうんらん？」

「すーっとのびた茎の先に、小さな紫色の花が咲くの」

園部の言葉に、あれかな、と思う花はあったが、

「おうちにかえって、どんなはなかしらべて、さいてたらもってくるね」

違う花を持ってきては申し訳がないので、陽は小指を差し出す。その陽の小さな小指に、園部は節の目立つ、体に対しては大きめの手の小指をそっと絡めて、

「げんまん」

そう言って笑う。

その手を、陽はじっと見る。

集落の年寄りはみな、似たような手をしていることが多い。

ほとんどが農作業などをしてきた人たちだ。

よく働いてきた証拠だと笑っていた。

だからきっと、園部もよく働いてきたのだろうと思う。

「りょうせいさんがね、ぬかるんでるところがなくなったら、すべったりしないから、おばあちゃんとおさんぽいってもだいじょうぶって」

山にはまだ、光の差さないところが多いので雪が残っているが、集落ではもうほとんど雪は残っていない。

日陰にほんの少し残っているくらいだ。

あと一週間もすればぬかるんでいるところも綺麗に乾くだろう。

「お散歩に行けなくても、陽ちゃんがお外の話をしてくれるから、おばあちゃんも一緒にお散歩してるみたいよ」

園部は優しく笑ってそう言った。

「じゃあ、おそとのこと、もっといろいろかんさつしてくるね」

陽が言うと園部はにこにこしながら頷いた。


翌日、涼聖の往診に陽はついていった。

園部の家も回るコースだったからだ。

「おばあちゃん、体の調子はどうですか」

加減を伺う涼聖の言葉に、園部は一緒に来た陽に視線をやり、

「毎日、陽ちゃんが来てくれるから楽しくしてますよ」

笑って言った。

「え？　そうなんですか？」

涼聖は驚いた顔をして陽を見た。

陽は黙っていたことに少し気まずいような気持ちになったが頷き、園部は涼聖の様子に、

「先週、言わなかったかしらねぇ？」

と首を傾げる。

陽が園部の死に気づいた往診から二週間。

先週の往診の時、陽はついてこなかった。

理由は、涼聖の往診の順番が、この日は園部が最後で、孝太とおやつを一緒に食べる約束をしていた陽は、ついていくとその時間に間に合わなかったからだ。

だから、一人で園部に会いに行き、そのあとでおやつを食べに作業場に向かった。

もし、陽がいたら、園部はその時に毎日陽が来ていることを報告していただろう。

「毎日、お花を摘んできてくれてるのよ。そこに並んでるお花、ぜーんぶ」

嬉しそうに園部は言う。

ベッドの横の棚に並んだ乳酸菌飲料の容器には、そこだけ春の野原が広がっているようにいろいろな花が飾られていた。

「でもね、まつばうんらんが、みつからないの。きゃらさんにしらべてもらったから、どんなおはなかは、わかったんだけど…まださいてないみたい」

少ししょぼんとした様子で言う陽の頬に、園部は軽く触れる。

「まだ少し先かもしれないわねぇ」

「はやくみせてあげたいのに」

園部が、あとどのくらい、こうしていられるかわからないから。

だから、早く、と思うのに、見つけることができなくて、陽は焦燥感に駆られていた。

「陽が焦っても、天候までは左右できないからな」

涼聖はそう言ってから、園部に視線を戻した。

「ご飯は食べられてますか？」

「おいしく食べてるけど、なかなかお腹が空かなくて。朝ご飯を食べたと思ったら、もうお昼ご飯で、あっという間に夕ご飯ねぇ」

「じゃあ、食べる量は少なく三回？　それともどこかを飛ばす感じかな？」

「時間ごとに食べるけれど、少ないわねぇ」

園部が言うのに、ヘルパーも頷く。

「今日の朝は、何を食べましたか？」

「今日は…温め返したおかゆに鮭《さけ》フレークね」

園部が答えるのに、

「ボクは、パンをたべたの。きゃらさんがまいにちやいてくれてて、すごくおいしいんだよ。きょうは、コッペパンにスクランブルエッグをはさんでくれたの」

陽が今日の朝食メニューを伝える。

「伽羅ちゃんは、ピザだけじゃなくて、パンも焼けるのねぇ……すごいわ」

園部が感心した様子を見せる。

伽羅の手作りピザは集落でも有名で、集落の行事や、陽のホワイトデーのお返しとしてふるまわれたこともあり、園部も食べたことがある。

だが、感心する園部の言葉に、涼聖は苦笑いする。

そう、未だに伽羅のめくるめく嫉妬を込めたパン祭りは絶賛継続中なのだ。

むしろ凝り性なせいで、粉の配合や発酵種をいろいろ変えたりし始めている。

「こんど、おばあちゃんにももってくるね。いろんなパンをやいてくれるの」

陽が言うのに、園部は目を細めた。

涼聖は一通りの診察を終えると、ヘルパーに園部の細かな様子について隣の部屋で聞いた。毎日、涼聖のもとに情報共有という形で報告が送られてくるが、そこに記載されない部分で、聞きたいこともあるからだ。

園部は本人が言っていたとおり、少ない量を三食、食べている。

いや、食べているという量ではない。二口か三口程度で終わりなのも少なくないし、最近は眠っていることも増えているらしい。

体が、徐々に機能を止め始めているのだ。

一番消耗の少ない状態になろうとしている。

命が、終わろうとしているのだ。

「脱水の症状はありませんから……このまま、経過を。でも、そろそろ一日、複数回対応に切り替えたほうがいいかもしれません」

涼聖の言葉にヘルパーも頷く。

ヘルパーとて、もう何人もの利用者を見送ってきたのだ。

園部が今、どの段階であるかは予想がつく。

「戻り次第、ケアマネージャーと相談して、手はずを整えます」

「お願いします。何かあれば、何時でも連絡してください」

涼聖はそう伝えて、園部のベッドのある居間へと戻った。

園部は寝てしまっていて、その寝顔を陽は見つめていた。

「陽」

控えめに声をかけると、陽は小さな声で、

「おばあちゃん、ねちゃった」

園部を起こさないように言う。

「ああ、そうだな。……そろそろ、行こうか」

次の往診に向かわねばならない。涼聖の言葉に陽は頷き、

「おばあちゃん、またあした」

園部を起こさないように小さな声でそう言って、椅子から下りた。

——またあした、か……。

涼聖は胸の中で、陽が言った言葉を反芻《はんすう》する。

いつだって、明日が普通にやってくると思っていた。

「明日が来なくなる日」がくる人がいるなんて、知らなかった頃は、何の疑いもなくそう思っていた。

その日が来たら、陽はどうするんだろうか。

涼聖は、陽に知られないように小さく息を吐いた。


その夜、家に帰るといつものように伽羅とシロが三人を出迎えた。

「お帰りなさい、おつかれさま」

「おかえりなさいませ」

二人の出迎えに、陽は、

「ただいま！」

元気よく返すと、すぐ、伽羅に言った。

「きゃらさん、あのね、そのべのおばあちゃんに、きゃらさんのパンをもっていってあげたいの。やいてくれる？」

「園部のおばあちゃんに？」

「うん。きょうね……」

そのまま話し込みそうな陽に、

「陽、まずは靴を脱いで家に上がりなさい」

琥珀が窘める。それに陽は「はーい」と言うと靴を脱いで家に上がり、帰宅後の手洗いとうがいをきちんとしてから——琥珀に怒られるし、それが習慣だからだ——、居間に戻っていた伽羅に話の続きをした。

「あのね、きょう、そのべのおばあちゃんのところに、りょうせいさんとおうしんにいったの。そのときに、きゃらさんがまいにち、パンをやいてくれるんだよってはなしたら、おばあちゃんね、ピザだけじゃなくてパンもやけるのって、すごいって」

陽の言葉に、伽羅の機嫌メーターは一気に上がる。

デキる七尾と自認しており、また集落でも「伽羅ちゃんはなんでもできるわねぇ」と褒められているが、褒められるのは何度でも嬉しいものだ。

「まだまだ勉強中ですけどねー」

と言う伽羅の背後で、視えない七本の尻尾が揺れている気がしたのは涼聖だけではないだろう。

「それでね、きゃらさんのパンをおばあちゃんにもっていくって、やくそくしたの。だから、おばあちゃんに、パン、やいてくれる?」

陽が言うのに、伽羅は胸を叩いて、

「もちろんですよ!　腕によりをかけて焼きますねー!」

と請け合い、陽は笑顔を見せる。

「やった！　きゃらさん、ありがとう！」

「話がまとまったところで、陽、風呂をすませてきなさい」

琥珀が促す。

陽は診療所で食べてきたので、あとは風呂に入って眠るだけなのだ。

「うん。シロちゃん、おふろのじゅんびしにいこ」

陽は促されるまま、シロと一緒に風呂の準備をしに部屋に戻る。

その間に伽羅は、涼聖と琥珀の夕食の最後の仕上げをすませて出すと、風呂の準備を終えて待っていた陽とシロを連れて風呂場に向かう。

陽とシロの風呂を終えると、髪を乾かして寝かしつける。

その間に琥珀が風呂に入っており、伽羅は琥珀の髪を乾かすというご褒美のようなお世話があるので、琥珀が風呂から上がるまでの間に夕食の片づけを終わらせる。

今日も今日とてスーパー主夫の伽羅である。

その伽羅が風呂から上がってきた琥珀の髪を乾かす準備を居間で始めた時、涼聖が口を開いた。

「琥珀のドライヤーがすんだら、ちょっと話があるんだがいいか？」

「今でもかまわぬが……」

琥珀は言ったが、涼聖は頭を横に振る。

「風邪をひくとマズイから、先に乾かしてくれ」

「じゃあ、一時間くらいかけて丁寧に乾かしますねー」

伽羅がいい笑顔で言うのに、

「丁寧に手早く頼む」

涼聖は即座に返す。

俺の唯一の癒《いや》しの時間なのに、とブツブツ言いながらも伽羅は慣れた手つきでいつもと変わらぬ時間で琥珀の髪を乾かし終える。

「涼聖殿、待たせた。それで話というのは？」

ちゃぶ台に再集合し、琥珀が問う。

それに涼聖は口を開いた。

「園部のおばあちゃんのことだ」

そう言って一度言葉を切り、どう伝えるか迷ったが、

「多分、あまり長くない」

簡潔に言った。

琥珀と伽羅はその言葉に動じた様子はなかった。

二人とも、人の姿をしていても「稲荷神」だ。

「人の死」など、これまで数え切れないほど見てきただろうと思う。

だが、陽は違う。

「陽は今、毎日会いに行ってる。俺が、暖かくなったらおばあちゃんの散歩に付き合ってやってくれって言ったからかもしれない」

いつ、散歩に行けるようになるか、毎日行って確認しているのかもしれない。

けれど、陽の希望に反して、園部はこれから弱っていく一方だろう。

そして、やがて、その生を終える。

「園部のおばあちゃんにその時が来たら、陽が悲しい思いをするのは目に見えてる。それが心配だ」

涼聖の言葉に、琥珀は少し間をおいてから答えた。

「それもまた、陽には必要なことだ」

端的で、ともすれば冷たく聞こえそうな言葉だ。だが、そのまま琥珀は続けた。

「私たちは、人と『生きる長さ』が違う。陽はこの先、大切な人との別れを、幾度となく経験していくことになる。『死』というものが何か知った陽が迎える、最初の別れが、今というだけのことだ」

その言葉に、涼聖は深く息を吐いた。

「そうだよな……俺だって、絶対先に死ぬんだしな」

人の寿命は、彼らから見れば儚《はかな》いほどに短いのだろう。

改めて感じ入った涼聖に、

「いや、普通に陽ちゃんが人間だったとしても、涼聖殿は先に死にますから」

伽羅は容赦なくもっともなことを言う。

「それもそうだけどよ？　この空気の中で言うことか？」

「いや、だってなんか、ピッチピチの幼児の陽ちゃんに総寿命で勝とうとか厚かましいこと考えてるのかと思って……」

「思ってねぇよ」

そう言ってから、涼聖はふっと思い出したように続けた。

「そうだ。俺、そろそろ朝飯、米が食いてえんだけどな」

「えー……、まだいろいろ改良中なんですよー？」

伽羅は渋い返事をする。

伽羅が凝り始めたら納得するまで長いのはよく分かっている。

スパイスに凝っていた時は、週一でいろんなカレーが登場し、挙げ句、ナンまで登場したくらいだ。

今回のパンでもそれはいかんなく発揮されて、スタンダードなパンだけでも何種類も日替わりで出てくる。

そのため、飽《あ》きる、というわけではないのだが、やはり米の国に生まれた性で、普通に米と味《み》噌《そ》汁の朝食も恋しくなるのだ。

その涼聖の気持ちを汲み取ってか、または琥珀も米が恋しかったのかは分からないが、

「週の半分ということではどうだ？」

と、打診する。

琥珀大好きっ狐の伽羅が、その打診を蹴るはずがなかった。

「そうですねー、お米の朝食も久しぶりにいいですよねー」

変わり身の早さは驚くほどである。

「あー、でも、もう明日のパン種は仕込んでありますし、園部のおばあちゃんに持っていくパンのこともありますから、お米の朝食は明後日から日替わりでいいですかー？」

伽羅の言葉に琥珀はそっと涼聖に目をやる。

「それで頼む」

「分かりました。えーっと、陽ちゃんの話、とりあえずお開きってことでいいです？」

シリアスモードをぶっ壊した張本人の伽羅が聞いてくるのに、涼聖は頷いた。

「ああ、引き留めて悪かったな」

「いえいえ。陽ちゃんのことは、俺も心配ですしね。まあその時は、みんなで支えるっていうか、見守るしかないですよー」

伽羅はそう言うと立ち上がり、

「じゃあ、また明日。おやすみなさい」

挨拶を残し、そのままふっと姿を消した。

どうやら術で上の家に戻ったようだ。

「なんていうか……こうやって伽羅が突然消えても驚かないどころか、普通になっちまった俺がいるのに、時々戸惑う」

呟いた涼聖に、琥珀は苦笑いを浮かべた。

◆◇◆

翌日、陽は昼前に園部の家へ向かった。

園部のためのパン作りを引き受けてくれた伽羅が、

「作りたてのいっちばんおいしい状態で届けたほうがいいと思うんで、園部のおばあちゃんのお昼ご飯になるように時間を見計らって作って持っていきますよー」

と言ってくれ、その言葉通り十一時過ぎに診療所まで作りたてのパンを届けてくれたのだ。

それを持って陽が園部の家に行くと、今日はまだヘルパーは来ていなかったが、玄関は開けられていたので中に入った。

園部はいつものようにベッドの上に体を起こして、テレビを見ていた。

「おばあちゃん、こんにちは」

声をかけると、園部は陽を見て笑顔を見せた。

「あら、陽ちゃん。珍しい時間に来たのねぇ」

そう言って手招きする。陽は園部に歩み寄ると、

「あのね、きのう、きゃらさんのパンのおはなししたでしょう？　きょう、もってきたの」

伽羅が持たせてくれたパンの入った籠《かご》を園部に見せる。

「あらあら、さっそく？」

「うん。さっき、きゃらさんがやきたてをもってきてくれたの。おひるごはんに、おばあちゃん、たべて」

「まぁまぁ、嬉しいこと。こんなにいろいろ」

籠にかけられていたナプキンを外した園部は、目を細める。

ロールパンにスクランブルエッグの挟まったもの、コッペパンにチーズと細かく切ったベーコンとキャベツ炒めを挟んだもの、それからおやつ代わりになりそうなフルーツと生クリームが挟まったものが入っていた。

どれも家で食べるものより小ぶりになっていた。

「おばあちゃん、たべて」

陽が言うと、園部はスクランブルエッグの挟まれたロールパンを手に取り、半分に分けた。

「はい、陽ちゃん、はんぶんこ」

「いいの?」

「一緒に食べたほうがおいしいもんねぇ」

「うん! ありがとう!」

陽は礼を言い、受け取ったパンを口に運ぶ。

朝、食べたものより、柔らかな生地のパンだった。

「まあ、おいしいこと……」

園部は喜んで食べてくれたが、ロールパンは半分食べたものの、コッペパンは三分の一くらいしか食べられず、おやつのパンは手つかずで、お腹がいっぱいになってしまった。

だが、陽は「もうたべないの?」とは聞かなかった。

ここに来る前に涼聖から、園部はゆっくり、少しずつしか食べられないと聞いていたからだ。

「伽羅ちゃんは、本当に何でも作るの上手ねぇ」

満足そうに園部が言ってくれるのが嬉しかった。

「うん。きゃらさんおりょうりがいも、いろいろじょうずなの」

陽は、伽羅が作ってくれたものをいろいろと話す。園部はいつものように優しく笑って聞いてくれていたが、そのうちウトウトとし始めた。

「おばあちゃん、ねむたい？」

陽が声をかけると、園部は少ししてから、

「そうねぇ、お腹がいっぱいだからかもしれないわ」

薄く目を開けて言う。

「ねむたいときは、がまんしないでねたほうがいいって、りょうせいさんがいってたよ。おばあちゃん、おひるねして」

陽が言うのに、園部は目を閉じて口元だけで笑った。

「じゃあ、そうしようかしらねぇ。陽ちゃん、パン、ありがとうね……」

そう言うと、ベッドに体を横たえる。

「おばあちゃん、おやすみなさい。またあした、くるね」

小さな声で言って、陽は残ったパンを籠から皿ごと取りだし、はずしたラップを付け直して、ベッドの横の棚に置くと、椅子から下り、空になった籠を持って園部の家をあとにした。


陽はそれからも変わりなく、診療所のある日は毎日、園部に会いに行った。

だが、会いに行っても園部が寝ている日も多かった。

ヘルパーは二十四時間ずっと、というわけではなかったが、一日に何度も来て様子を見ているようだし、昼間のヘルパーのいない時間は近所のおばあちゃんが来ていた。

「陽ちゃん、来たのねぇ」

この日も行くと、ヘルパーの姿はなかったが、三国が来ていた。

「うん。……でも、おばあちゃん、ねてるね」

園部が眠っているのを確認すると、陽は起こさないように小さな声で言った。

「さっきまで起きてたんだけれどね」

三国はそう言ってから陽が手に持っている花に気づいた。

「あら、陽ちゃん、そのお花……」

陽は手にした花を三国に見せた。

「まつばうんらん。そのべのおばあちゃんの、すきなおはななの。きょう、やっとさいてるのをみつけて、もってきたの」

陽は笑顔で言うと、ベッドの横の棚に載せてある花が入った乳酸菌飲料の容器群の中から、元気のなくなってしまっている花の容器を取った。

「おみずいれかえて、ここにおはないれてくるね」

そう言うと、洗面所に行き、元気のない花を捨て、容器の中を軽く洗って、摘んできた松葉海蘭を入れる。

「かわいい」

呟いて笑顔を見せ、園部のいる部屋に戻る。

そして園部が起きたら見えるように、棚の上でも一番園部に近い場所へ置いた。

「きっとおばあちゃん、喜ぶわよ」

三国はそう言ってから、何か思いついたような顔をした。

「そうだ、陽ちゃん。おばあちゃんに、お手紙書いたらどう？」

「おてがみ？」

「陽ちゃんが来た時に、おばあちゃん、寝ちゃってること多いぃでしょう？　お手紙を書いておいたら、おばあちゃんが起きた時に読めるから」

その提案に、陽は頷いた。

そして、三国が自分のカバンから出したメモ帳とボールペンを借りて、園部に手紙を書いた。

松葉海蘭をやっと見つけて持ってきたこと、咲いていた場所、そして最後に「あしたも、くるね」と書いた。

「おばあちゃん、これ、そのべのおばあちゃんがおきたら、わたしてくれる？」

書き終えたメモ帳を渡すと、三国は頷いて、そのページを切り離した。

「もちろん。おばあちゃんが帰る時にまだ、園部のおばあちゃんが寝てたら、ヘルパーさんに渡しておくわね」

「うん。おねがいします」

ぺこりと頭を下げる陽の頭を撫でた三国は、

「お散歩の続き、行ってくる？」

「うん、いってくる。……おばあちゃん、あした、またね」

ベッドの園部に目をやり、小さく手を振って部屋をあとにする。

その後ろ姿を見つめながら、三国は小さく息を吐く。

陽の優しさを痛いほどに感じる。

それと同時に、陽のことが心配になった。

集落で陽のおじいちゃん、おばあちゃんを自認する住民たちは、陽が園部のことを気にかけて毎日家に通っていることを知っている。

それと同時に、やってくる回数の増えたヘルパーや、ヘルパーのいない時間に、異変がないよう、自主的に園部の家にやってきて見守っている者たちは、園部がまもなく命を終えてしまうことを感じ取っていた。

園部との結びつきが強ければ強いほど、陽はその時に嘆くだろう。

仕方のないことと思いながらも、できれば陽がその時、あまり悲しまなくてすむようにと三国は祈った。

陽が訪れた時に、園部が起きていることは少なくなっていった。

このところは一日の大半は寝ているらしい。

だから、陽はいつも、花に手紙を添えることにした。

その手紙を起きた時に読み上げてもらい、嬉しそうにしていると、ヘルパーや様子を見にきているおばあちゃんたちから教えられた。

それでも、週に一度くらいは園部が起きていたり、途中で起きたりすることがあった。

そんな時は陽を見て微笑んで、「陽ちゃん」と名前を呼んでくれる。

その声は小さかったが、それだけのことでも嬉しかった。

けれど――その日は、確実に近づいてきた。

陽が園部の家に通い始めてひと月半が経とうとしていた週明け。

ずいぶんと暖かくなって、咲く花の種類も増えて、園部のベッドの横の棚は陽によって、野原を持ってきたような彩りになっていた。

園部の好きな松葉海蘭も苦労せずいろんなところで見つけることができ、束にして持っていったりもした。

この日も陽は、朝のお散歩中に花を摘み、昼食後のお散歩で真っ先に花を持って園部に会いに行った。

最後に園部に会ったのは土曜のお昼前。

園部はやはり寝ていた。寝息は健やかそうだったが、それでも会うことができなかった昨日の日曜日は、一日中そわそわしていた。

「こんにちはー」

いつものように陽が園部の家に行くと、ヘルパーが迎えに出てくれた。

先週から、ヘルパーはほぼ二十四時間体制で園部のところに来ていた。

玄関を上がり、園部の部屋に入り——そして、陽は「その日」が来ることが、はっきりと分かってしまった。

——あさっての、よる……。

いつも通りの、穏やかな寝息。

間違いだと思いたかった。

けれど、何をどうやっても「明後日の夜」だと、直感は告げていた。

そのあと、陽はどのくらい園部のところにいて、いつ出てきたのか覚えていない。

気がつけば、大集会所になっている元小学校に来ていて、ブランコに座っていた。

もう、太陽は傾きかけていて、どのくらいそうしていたのかも分からない。

校舎についている時計を見ると、針はもうすぐ五時になろうとしていた。

「しんりょうじょに、かえらなきゃ……」

陽はブランコから離れ、とぼとぼと診療所へと向かった。

診療所につく頃には、夜からの診療の受付が始まっていて、待合室にはもう何人かの患者が来ていた。

「こはくさま、ただいま」

受付の中にいる琥珀に陽は帰宅の挨拶をする。

琥珀はその声に陽を見て、そして、何かに気づいたような表情を一瞬見せた。だが、

「おかえり、陽。手洗いとうがいをしてきなさい」

いつものようにそれだけ言うと、カルテの準備を続ける。

陽は「うん」と返して、手を洗いに奥の部屋へと戻った。

——明後日、か……。

陽を見送ってから、琥珀は胸のうちで呟く。

陽が宿して帰った気配だけで、園部の逝く日が分かった。

おそらく陽も気づいただろう。

陽の胸中を考えると、声をかけてやりたいと思う。

だが、すべて「陽の判断に任せる」と言ったのだ。

だから、その時が来るまで、見守るしかない。

今の陽の年齢を考えれば、向き合う現実はあまりにつらいことだ。

それでも、安易に手を貸すことをすれば、陽の成長の妨げになる。

今回の件で、伝えるべきことは伝えた。

幼いなりに陽が何を感じ、どう考え、行動するのか。

あとは待つしかない。

『待つ』

それがどれほど、気を揉むことだとしても。

琥珀は苦い思いを抱えた。


――ボクは、どうすればいいんだろう……。

陽はずっとそればかりを考えていた。

家に戻り、お風呂に入っている時も、そして寝かしつけの絵本を伽羅が読んでくれている時も。

そのせいで、いつもなら、遅くとも二冊目の途中で寝てしまうのに、三冊目を読み終わる頃になっても眠さはやってこなくて、

「陽ちゃん、今日は目が堅いですねー」

伽羅が不思議そうに言った。

「……どうしてだろ、ねむくならない」

そう言う陽の枕の横では、シロが夢の中へ一足先に旅立っていた。

「まあ、そんなときもありますよー。じゃあもう一冊読みましょうか」

伽羅はそう言うと、本棚から別の絵本を持ってきて読み始める。

「むかしむかし、あるところに、三匹の仔豚《こぶた》の兄弟がいました……」

ゆっくりとした伽羅の声に耳を傾けているうちに、限界だったのか陽の瞼が落ちる。

そしていつの間にか眠っていた。

しかし、翌朝、目を覚ますとやはり園部のことを思い出して、陽の気は沈んだ。

――もう、あしたになっちゃった……。

そう思うと、心臓がキュウっと縮こまるような気がした。

明日の夜になったら、もう園部には会えなくなってしまう。

そして、園部はたった一人で――。

「……はるどの、なにをなやんでおいでなのでしょうか」

洗面を終えて、着替える途中、布団の上に座り込んで、すっかり手の止まってしまった陽にシロが問う。

「シロちゃん……」

「せんじつ、おはなししてくださった、しゅうらくのおばあさまのことでしょうか?」

シロはおおよそ察している様子で聞いてきた。それに陽は頷く。

「……うん…あのね、そのべのおばあちゃん、あしたのよるに、しんじゃうの…。このままだったら、ひとりぼっちで、しんじゃうの。……ひとりぼっちなんて、さみしいよね」

眉根を寄せて陽は言うが、すぐに続けた。

「だけど、このことは、みんなしらないことで、ボクが『ひと』じゃないから、わかったことだから……。でも、そのべのおばあちゃんをひとりぼっちにしちゃうのは、いやなの」

今にも泣きだしそうな顔をする陽の、膝の上にぎゅっと握られた手に、シロは自分の手をそっと重ねた。

「……ただしきこと、というのは、そのたちばによってちがうものだとおもいます。そして、ただしきことが、すべて、ひとにやさしさをもたらすものでもないのです」

シロはそう言って一度言葉を切り、少し間をおいてから続けた。

「どちらをえらんでも、はるどのは、えらばなかったほうのことをおもって、なやまれるでしょう。いなりになるものとして、ただしきほうをえらべば、そのべどのによりそうことのできなかったこうかいを。よりそうことをえらべば、いなりとして、ただしきおこないができなかったというこうかいを。……どちらをえらぶか、それははるどのがきめねばなりません」

「シロちゃん……」

「こうかいのすくないほうを、とはおもいます」

――こうかいの、すくないほう……。

シロの言葉を陽は反芻する。

けれど、簡単に、どうするかは決められなかった。

決められないまま、朝食を食べて診療所に行き、いつものようにお散歩パトロールへ出る。

気持ちが落ち着かないのと、もしかしたら何かが起きて、園部が独りぼっちで逝く未来が変わっていないかと思い、園部に会いに行ったが――視える未来は、同じだった。

明日の夜、誰もいないとき。

――どうしよう……。

午後になっても気持ちは晴れなくて、むしろ、その時が近づいていると思うと、どんどん気持ちが重くなった。

「あ、陽ちゃん！」

ショボン顔で散歩する陽の耳に聞こえてきたのは、孝太の声だった。

その声に、道路に落としていた視線を上げると、少し先の空き家になっている家のブロック塀の上に顔を覗かせた孝太が手を振っていた。

その奥には、秀人もいた。

「こうたくん、ひでとくん……」

いつもならはじけるような笑顔で駆け寄ってくる陽が、沈んだ顔のままなのに、陽の兄貴分を自負している孝太はもちろん、付き合いは浅くとも陽の明るさを十分に知っている秀人も異変を察知した。

陽はゆっくりと、それこそ「とぼとぼ」と形容するのがピッタリな足取りで二人に歩み寄ってきた。

「ふたりとも、なにしてるの？」

孝太と秀人が様子を窺《うかが》うより先に陽が聞いてきた。

「ここの家の持ち主さんから、売るのは難しいけど、貸しスペースとして活用できるようなら使ってほしいって連絡あったんスよ。それで、家を見にきたんス」

空き家の活用に関して、役所が絡むような手続きに苦手意識が強すぎる孝太を見かねて、集落にいる間だけ、という約束で秀人が事務的な部分を手伝うようになった。

「ここのおうちも、だれかがこられるようにするの？」

陽が問うのに、秀人が頷く。

「ちょっと修理しなきゃいけないところはあるけれどね。その相談を孝太くんとしてたんだよ」

「そうなんだ……」

陽が納得した様子を見せ、一度話が途切れたところで、孝太が口を開いた。

「陽ちゃんは、何か悩み事でもあるんスか？　さっき、ショボンとした顔してたっスよ」

それに陽は、眉根を寄せて、それから俯いて足元を見た。

そんな様を見るのは珍しくて、孝太はすぐにしゃがみ込んで、陽の顔を覗き込む。

「誰かに叱られたっスか？」

陽が叱られるようなことをするとは思えないし、陽を叱るような者は集落にはいないというか、いるとすれば保護者である琥珀だろう。

そして琥珀に叱られたなら、琥珀のことが大好きな陽がショボンとしていたのも理解できる。

だが、陽が言ったのは予想とは違う、

「そのべのおばあちゃんが、げんきがなくて、しんぱいなの……」

人を気遣う、優しい言葉だった。

その言葉だけで、孝太の感動が天元突破《てんげんとっぱ》しそうになる。しかし、

「そのべのおばあちゃん？　誰？」

聞いたことのない名前に秀人は首を傾げた。

本格的な冬になる前にやってきたばかりの秀人は、まだまだ知らない人が多い。

そして、園部は冬の間、ほとんど家の中で過ごしていたので、顔を合わせる機会もなかった。

「園部のおばあちゃんっていうのは、百歳超えの優しいおばあちゃんっスよ」

ざっくりと孝太は秀人に説明する。

孝太は園部の家に手すりを付けに行ったり、ちょっとした大工仕事で会っているが、そう言われてみれば冬から顔を見ていないな、と思った。

「そうっスねぇ……ものすごくおばあちゃんだから、元気じゃない日もあるっスよね」

孝太はそう言ってから立ち上がると、

「心配なら、会いに行くっスか」

陽に提案する。

「……あさに、あいにいったの。でも、おばあちゃーん、ねてて……」

「二回行っても悪いってことないっスよ。それに、もしかしたら今は起きてるかもしれないっスよ」

孝太はそう言うと陽の手を摑んだ。

「善は急げっス！　秀人くんも一緒に」

孝太に促され、陽はもう一度、今度は三人で園部の家に行った。

家には、朝とは違うヘルパーが来ていて、陽たちを見るといつものように――孝太と秀人が一緒なのには少し驚いた様子だったが――どうぞ、と言ってくれた。

そして園部のベッドがある居間に行くと、園部はベッドに横たわっていたが、起きていた。

「あ…おばあちゃん！」

陽は急いでベッドに歩み寄る。

「おばあちゃん、あのね、こうたくんと、ひでとくんも、いっしょにきたの」

陽が言うと、孝太もゆっくりベッドに歩み寄り、

「おばあちゃん、こんにちはっス。孝太っスー」

手を振りながら声をかける。そして秀人は、

「初めまして。後藤の孫で、秀人です」

礼儀正しく名乗る。

園部は微笑んで、何度か繰り返し頷く。

久しぶりに起きている園部に会えた陽は、嬉しくなって、外に咲いている花の様子を話して聞かせる。

だが、五分ほどで、園部はまた眠ってしまった。

「おばあちゃん、おねむっスね。寝かせてあげよっか」

孝太が優しく声をかけると、陽は、うん、と頷いて、

「おばあちゃん、あした、またくるね」

園部に声をかけ、孝太と秀人と一緒に園部の家をあとにした。

最初に会った時よりは少し元気になった気がするけれど、いつもの明るい陽とはやはり比べ物にならないショボンさなのが気にかかったものの、孝太と秀人はどちらもそこには触れなかった。

園部の様子を見れば、二人とも、園部がそろそろ、なのはなんとなくわかった。陽が気づいているかどうかは分からないが、それでも幼いなりに感じるものはあるのだろうと思う。

もし、不用意に声をかけて、そのままズバリを問われたら――おばあちゃんは、しんじゃうの？と聞かれたら――どう答えていいか、正直、分からない。

だから触れられないということもある。

「暖かくなってきたから、空き家に遊びに来たいって問い合わせ、ちょこちょこ来てるんスよー。ね、秀人くん」

だから、孝太は違う話を振った。

「土、日だけじゃなくて、平日も問い合わせきてるね」

秀人も孝太に合わせて話を続ける。

「たくさん、ひとがくるの？」

「四人ぐらいのグループが多いっスねー」

そんなことを話しながら、道が分かれるところまで一緒に行き、そこから秀人は家に帰り、孝太は作業場に戻り、そして陽は神社へと向かった。

陽は神社の参道まで行くと、急いで拝殿《はいでん》に向かった。

そして、誰もいないのを確認して、二礼二拍手一礼をして、

「さいじんさま、はるです。おはなしがあるの」

祭神に声をかける。

ややすると、拝殿の格子扉の向こうからすっと祭神《さいじん》が姿を現した。

「来るとよい」

そう言って手招きする。

陽は拝殿への階段を上り、祭神とともに拝殿の中、祭神の神域に入った。

「陽、いかがしたのだ」

問う祭神の言葉に、陽は眉根を寄せながら、

「……そのべのおばあちゃんのことなの」

切り出す。

祭神は静かな目で陽を見つめ、頷いた。

その様子だけで、祭神も気づいていることが分かった。

「あしたのよる、ひとりになっちゃったときに、そのべのおばあちゃんが、しんじゃうの……。さいごにひとりぼっちになっちゃうの、かわいそう。……でも、こはくさまは、ふつうのひとだったらわからないことだから、わかったからって、なにかしたりするのは、だめって」

祭神は何も言わず、ただ、陽の話を聞く。

「だけど、ひとりぼっちなのは、いやで……そうしたら、こはくさまは、ボクに、よくかんがえなさいって。でも……どうしたらいいか、わかんないの…」

陽はそう言って俯いてしまう。

そんな陽に、祭神は少し間をおいてから口を開いた。

「私が何か言えば、そなたは私の意見を聞き入れてしまうだろう。……それゆえ、何も言うことはできぬ」

それは、陽が期待した言葉ではなかった。

陽は、祭神が道を示してくれるのを期待していたのだ。

何も言えない、と言われて、涙がじんわりと浮かんでくる。

「琥珀殿が、自身で考えるようにと言ったのであれば、陽、そなたは、自分で答えを出さねばならぬ。……出した答えに責任を負うということまで含めてな」

祭神はそっと手を伸ばし、陽の頭を優しく撫でる。

陽の体が震え、やがて泣き始めた。

まだまだ未熟な陽には、酷なことだと分かっている。

それは琥珀とて同じだろう。

しかしあえて、「陽に決めさせる」ことにしたのなら、祭神が口を出すことはできない。

――ならぬものはならぬと、言ってしまうのは簡単なことであろうにな……。

琥珀が抱えているであろう悩みも、陽が抱えている悩みも、どちらも分かる。

二人の気持ちを慮《おもんぱか》りながら、祭神は陽が泣き止むまで、ずっと陽のそばにいた。

5

翌日も、陽は園部の家に行った。

園部はやはり眠っていた。

「おばあちゃん……」

起こさないように小さな声で園部を呼ぶ。

返事を期待しているわけではない。

そして、園部のそばにこうしていても、園部が今夜、一人でいる時に、というのは変わらないということも分かっている。

「陽ちゃんが毎日来てくれてるから、きっとおばあちゃんも喜んでるわ」

ヘルパーはそう言ってくれるが、陽はどう返していいか分からなかった。その代わりに、聞いた。

「……おばあちゃん、よるには、ひとりになっちゃうの？」

今は、ほぼ二十四時間体制になっている。夜も誰かがいるはずなのだと分かっていたが、陽は確認した。

「いいえ。夜は別のヘルパーさんが、朝までついてるわよ」

ヘルパーはそう言った。

だが、そうではないのだ。

どうしてかはわからないけれど、「そのとき」園部は一人なのだ。

「陽ちゃん、心配？」

問うヘルパーに、陽は頷いた。

「よる、しずかなときにめがさめて、ひとりだと、さみしいから……」

「大丈夫よ」

笑顔のヘルパーに、もう一度陽は頷く。

その日は、なかなか園部の家から帰ることができなかった。

今日が最後だと分かっているから。

そして――これが最後かもしれないから。


どうしていいか分からないまま夜になり、いつものように涼聖たちと一緒に陽は家に帰ってきた。

涼聖たちが夕食を食べている間に、陽はいつも通り、伽羅に風呂へ入れてもらい、そして絵本を読んで寝かしつけをしてもらう。

時間が過ぎる。

その時が、近づく。

「うんとこしょ、どっこいしょ。でもやっぱりかぶは……」

伽羅が読んでくれる絵本の内容は少しも頭に入ってこなくて、陽は、もう、眠ることなどできず、掛け布団をはねのけ、起き上がった。

「陽ちゃん？」

戸惑う伽羅を振り返りもせず、陽は部屋の襖戸を開けて、隣の居間で食事をしている涼聖のもとに駆け寄った。

「りょうせいさん！　そのべのおばあちゃんのおうちにいきたい！」

「陽？」

突然部屋から出てきてそんなことを言う陽に涼聖は戸惑った。だが、陽は、

「そのべのおばあちゃんが、きょう、しんじゃう……。ひとりっきりでしんじゃうの」

そう続けて、両方の目から涙をぽろぽろと零した。

「ひと…ひとりっきり…って、しんじゃ…ぅの、さみし…ぃ…っから、…ついてぃて、あげたい……」

しゃくりあげながら言った陽は、琥珀をまっすぐに見て、

「こはくさま、ごめんなさい……。でも、ボクは、そのべのおばあちゃんの、おそばにいたい」

はっきりと言った。

琥珀は静かな表情で陽の言葉を受け止め、

「陽が決めたのであれば、私には止めることはできぬ」

そう返すと涼聖へと視線を向けた。

その視線に涼聖は頷いた。

「陽、すぐに着替えてこい」

「…うん！」

陽が部屋へと取って返す。それを見て涼聖も立ち上がって往診カバンを取りに部屋へ戻った。

そして、陽と二人、車で園部の家へと向かった。

車の中で陽はまだ鼻をグズグズと言わせていたが、それでももう泣いてはいなかった。

——園部のおばあちゃんには、二十四時間体制で人を置いてもらっているはずだ……。

往診の様子から見ても、もうそろそろだということは分かっていた。だから、対応を変えてもらい、どうしても無理な時には近所の人に様子を見てもらっていた。

だが夜間だけは絶対に人がいるはずなのだ。

——だから、一人でってことはないはずなんだがな…。

それでも、お手洗いなどで離席することはあるだろう。

その時に、ということかもしれない、と考えながら、できるだけ園部の家に急いだ。

そして園部の家の前に到着すると、夜間担当のヘルパーの車が停まっていた。

だが、涼聖が陽のチャイルドシートを外して玄関に向かおうとしたとき、焦った様子でヘルパーが飛び出してきた。

「あっ、先生！」

「どうしたんですか？　園部さんに何か？」

涼聖がすぐに問う。

陽は、もしかしたら間に合わなかったのだろうかと、心臓が潰れそうになった。

「いえ、あの、事故で家族が……！」

ヘルパーも気が動転している様子だ。

「ヘルパーさんのご家族の方が事故に遭われたんですか？」

涼聖の言葉にヘルパーは頷いた。

「はい！　それで、病院に運ばれて、危ないみたいで……本部に代わりのヘルパーに来てもらうように頼んでいるんですが、手配に時間がかかるので、とりあえず病院へ向かうようにって」

「分かりました。園部さんには俺がついてますから、気をつけて行ってください」

「すみません！　ありがとうございます！」

涼聖が言うと、礼を伝えるのももどかしい様子で自分の車へと向かう。

「陽、行こう」

涼聖は陽の手を摑み、家の中へと急いだ。

ベッドで、園部は眠っていた。

「陽、おばあちゃんについいててくれるか？　俺はケアセンターに連絡をするから」

「うん」

陽はいつものように、ベッドのそばの椅子によじ登って座り園部の様子を見る。

涼聖は隣の部屋に行き、ケアセンターに連絡をし、園部の家に自分が来ていることを告げる。

ケアセンターではヘルパーの手配を急いでくれているようだが、いつも頼んでいる支所では呼び出し待機のヘルパーが別件で出てしまって、代わりのヘルパーが難しく、別の支所にヘルプを頼んでいるため手配に時間がかかりそうだと言っていた。

本来なら、代わりのヘルパーが到着してから交代させるのだろうが、事情が事情なので先に出ることをケアセンターは許可したのだろう。

そしてヘルパーが、焦っていて涼聖への連絡を忘れたのだとしても無理はない。

身内が事故に遭って病院に運ばれる、などという事態は滅多にあることではないのだ。

——このトラブルが、陽には分かってたのか……。

そんなことを思いながら、涼聖はやりとりを終え、園部の眠っている居間に向かった。

陽が座る傍らに、もう一つ椅子を持ってきて、涼聖も園部の様子を見守る。

園部の様子をじっと見ていた陽は、不意に園部に手を伸ばし、園部の節の大きな手を自分の両方の手で包み込むようにして握った。

――ははうえのてがあたたかく、とてもあんどしたのを、おぼえています――

シロが、最期の時に母親が手を握ってくれていたと話したのを思い出したからだ。

それが、今の陽にもできる唯一のことだと思えたからだ。

――おばあちゃん、ひとりじゃないよ。ちゃんと、ボクも、りょうせいさんもいるから……。

胸の中で園部に語りかけながら、死の気配が少しずつ濃くなっていくのを陽は感じた。

それからいくばくかして、眠っている園部の枕元に、何らかの神様のお遣いだと直感で分かる白い服を着た性別の分からない存在と、そしてどこかで見たことがあるような、ないような、優し気なおじいさんが現れた。

白い服の遣いは、陽が自分たちの存在に気づいているのに驚いた顔をしたが、何も言わなかった。

そして、園部に視線をやり、静かに待つ。

ややして、園部が少し喘ぐような息をして、やがて、それが止まる。

すぅっと、園部の魂が体から抜け出て、枕元にいるおじいさんを見て微笑んだあと、陽へと視線をやり、その透ける手でそっと陽の頭を優しく撫でた。

「……っ、ぉばあちゃん……！」

そう言うなり、陽は号泣した。

涼聖は首筋で取っていた脈が触れないのを感じ、聴診器を使って心音を、そしてライトで瞳孔反射を確認してから、時計を見た。

午後十一時七分。

「……よく、頑張られました」

涼聖は園部を労うように声をかけ、そしてまだ園部の手を離すことのできない陽の肩を抱いた。

◆◇◆

園部の通夜と葬儀は、集落の住民によって執《と》り行われた。

園部は子供に先立たれており、本来であれば孫が喪主となるのだが、孫の一人は海外、もう一人は家族が介護の必要な闘病中で、来ることができなかった。

そのことは以前から分かっていたので、生前から園部はもしもの時には集落での葬儀をと希望し、その手筈は整えられていた。

翌日の通夜、そして翌々日の葬儀は小集会場で自治会長が喪主と葬儀委員長を兼ねて行われた。

その通夜でも、陽はずっと泣きどおしだった。

いや、園部を看取った夜から、自然と涙が溢れて仕方がないといった様子で、ずっと泣いていた。

それは葬儀の時も同じで、泣きすぎて目元は腫れ、涙を拭うたびにこすれるので瞼がガサガサ

になっていた。

やがて、出棺の時が来て、組まれていた祭壇から棺が出される。

「それでは、最後のお別れを」

葬儀社の人間の言葉で、参列者が全員、開けられた棺に花を入れ、園部にお別れを告げる。

「陽、行こう」

涼聖が陽の手を握り、棺に近づく。

涼聖は葬儀社の人間が渡してくれた菊《きく》の花を棺の中に入れる。

園部は優しい穏やかな顔をして眠っていた。

——お疲れ様でした。

胸のうちで涼聖は呟き、陽を抱き上げる。

陽は、園部の棺に、用意された菊の花ではなく、今日、自分で摘んできた野の花のブーケを入れた。

園部の好きな松葉海蘭も、タンポポも蓮華も、シロツメクサも、たくさん摘んで作ったブーケだ。

結局、園部とは一緒に散歩へ行けなかったから、せめて、という気持ちがあった。

声もなくポロポロ泣く陽に、

「陽ちゃん、園部のおばあちゃんにこれも一緒に入れてあげて」

三国が手渡したのは、陽が園部に書き続けた、置き手紙だった。

一つに丁寧にまとめられ、リボンを付けて結わえられていた。

「向こうで、園部のおばあちゃんが、何回でも読み返せるように」

三国の言葉に陽は顔をくしゃくしゃにして号泣しながら、受け取ったそれを園部の棺の中に納める。

「ぉ…ばあちゃん……っ、おばぁちゃん……っ！」

もうそれしか言葉にならない陽の様子に、参列者も涙をこらえきれなくなる。

「陽、陽」

涼聖が陽を自分のほうへ向くようにして抱き直す。

陽は涼聖の胸に顔を引っ付けてわんわん泣いた。

琥珀と伽羅も参列していたが、今回の園部の件に関しては、涼聖に任せておくほうがいいと二人は少しだけ距離を置き、見守る。

出棺の時間がきて、園部を乗せた霊柩車が斎場へと向かう。

斎場には涼聖と自治会長、他に親しくしていた集落の住民数名がついていったが、陽は小集会場に残った。

出棺が終わった小集会場は、早々に祭壇が撤去され、このあとの精進落《しょうじんお》としのための準備が始まる。

「仕出しのお弁当が届いたみたいなんで、俺、取りに行ってきますねー」

伽羅が率先して力仕事へ向かう。

「じゃあテーブル出して、並べようかねぇ」

「前の時はどんなふうに並べとったかねぇ」

「確か前は…岡部《おかべ》のじいちゃんの葬式じゃから、もうずいぶん前で忘れたねぇ」

楽し気に笑いながら住民たちは準備をする。

それが陽には信じられなかった。

いや、今だけではなく、通夜の時も、みんな泣いてるのに、すぐに笑えるのだ。

陽には、それがどうしてか分からなくて――、

「そのべのおばあちゃんがしんじゃったのに、どうしてわらっておはなしできるの……?」

ずっとこらえていた言葉を、陽は口にした。

陽の言葉に、その場にいた住民たちは複雑そうな顔をした。

「そのべのおばあちゃん、もう、いないのに!」

陽は泣いてそう言うと、外に飛び出していった。

「陽!」

「陽坊!」

琥珀と、その場にいた住民が追いかけようとしたが、長机を出す準備を手伝っていた孝太が、

「俺が行くっス。俺のが歳近い分、いいと思うっスし」

そう言い、一緒に机を出す作業をしていた秀人にあとを頼み陽を追って外に向かった。

陽は、小集会所の裏庭にある花壇《かだん》の前で座り込んで泣いていた。

体を震わせて、声を殺しながら泣いていた。

その陽に近づき、孝太は無言で後ろから陽を抱き上げると、近くのベンチに向かった。そして陽を座らせ、隣に自分も腰を下ろす。

ベソベソと泣く陽の隣で、しばらくの間何も言わず、ただ一緒にいた孝太だったが、

「人が死ぬと、めちゃくちゃ悲しいっスね」

静かな声で言った。

それに陽はしゃくりあげながら、

「その…っの、おば…ちゃ、しんじゃったのに……なっんで、みんっ……みんな、ちょっとないた、…っけで、へぃき、なの……っ」

昨日からずっと、と続ける陽に、孝太は少し間を置いてから、

「平気なわけじゃないし、みんな悲しいし、寂しいって思ってると思うんスよ」

そう言って一度言葉を切った。

「……そうっスね、なんていうのかな…、園部のおばあちゃんは『生き切った』って感じがするんスよ」

陽は孝太の言葉を反芻し、

「…いききった……？」

問い返すようにして、言う。

「うん。命を全部、きちんと使い切って終われたんだと思うんス。本当に、全部全部使い切って死ねるって、結構難しいと思うんスよ。なかなか、そんなふうには終われないっス」

孝太はそう言ってしばらく押し黙り、小さく息を吐いて、続けた。

「俺ね、高校生の時に同級生が死んじゃったんスよ」

◆◇◆

それは、杉原《すぎはら》という小学校からの同級生だった。

けれど、一番の友達かといえばそうではなく、互いに一番仲のいい相手は別にいて、でも何かといえば一緒に集まってワイワイするグループの一人だった。

中学も高校も一緒で、学校でも休み時間のたびに集まっては、中身のない話で笑って過ごせる仲間だった。

その仲間内での共通の目標は、

「十六歳になったらバイクの免許を取る」

で、誕生日を迎えた者から順に、原付バイクの免許を取った。

学校では在校中の免許取得は禁止されていたが、守っている生徒のほうが少ない。

当然孝太も守る気などなく、免許だけは誕生日を迎えてすぐに取り、バイクを買うための資金集めに父親の会社で大工の手伝いのバイトをさせてもらった。

杉原は誕生日が遅く、十一月で、仲間内では最後に免許を取ることになっていたが、乗りたいバイクは決まっていたらしく、コンビニのバイトをしてその資金を貯めていた。

それは十月半ばだった。

孝太はその日も学校を終えてから父親の伝手で内装工事の仕事を手伝わせてもらっていた。

本来、現場は夜間まで引っ張らないのだが、納期が迫っていたのもあってあまり音の出ない内装工事は遅くまでやっていることもある。

孝太は学校を卒業したら、大工として父親の会社で働くつもりでいたので、いろんな現場の手伝いをできるのは勉強になった。

内装が入るなら、どういう指示を残しておけばいいか、また作業手順をどうしておいたほうがやりやすいかなど、そういったことは指示されて覚えるよりも実際に現場に出たほうが頭に入りやすい。

金髪とはいかないまでも明るめに髪を染めたやんちゃな風貌の孝太だが、仕事には熱心に取り組むので現場でも重宝されていた。

そして、八時過ぎに仕事が終わり、現場近くのコンビニに入った孝太は、レジに杉原がいるのに気づいた。

杉原がこのコンビニでバイトをしているのは知っていたが、どの時間にシフトに入っているかは知らなかった。

普通にジュースを買って、コンビニを出て自転車で家に帰った。

その連絡が、孝太の携帯電話に入ったのは、それから三時間後のことだった。

『スギ、車に撥《は》ねられて危ねぇって』

「はぁ？　ふざけんな。俺、現場の帰りにあいつのコンビニ行って会ってるっつーの」

悪ふざけにしてもタチの悪い冗談だと思った孝太に、

『コンビニのシフト上がって帰る途中、横断歩道で信号無視の車に撥ねられたって』

返ってきた言葉に、孝太の頭の中が真っ白になった。

急いで父親に頼んで、途中で友達を二人拾って病院に駆け付けた。

足を骨折したとか、それくらいのことで、しばらく不自由するぜ、とかそんなことを笑って言ってくれると思っていた。

けれど——孝太たちが駆けつけて三十分ほどで、杉原は息を引き取った。

そのあとのことを、孝太はろくに覚えていない。

いや、杉原とコンビニで会った時のことも、ろくに覚えていなかった。

生きている杉原と最後に会ったのが自分なのに、何をしゃべったのかも覚えていない。

きっといつも通り、軽口をたたいて「また明日」なんて、言ったんだろうと思う。

「明日」が来るのを当然のように思っていた。

あれが最後になるなら、そうだと教えてくれればいいのに。

それならもっとちゃんと話していたことを覚えているのに。

いや、俺じゃなくて、もっと他に、一番の友達だった奴や家族が会えればよかったのに。

そう、どうしてよりによって自分だったんだろうか。

ろくに覚えてもいない自分なのか。

そう思うと、たまらない気持ちになって、ずっと胸の中に棘が刺《さ》さったままで、何をやっても心から楽しいと思えたことはなかった。

それは他の仲間たちも同じだった。

ついこの間まで、一緒に過ごしていた友達が、いない。

付き合いが長かった分、その穴を埋めるものがなくて、でもそれを口にするのもできなくて、みんなが少しずつ、ぎこちなかった。

一人が欠けたまま、進級し、夏が過ぎて、杉原のいなくなった季節が来て。二度目の冬を越して。

相変わらずどこか空虚《くうきょ》な感覚のままだったその年の卒業式、孝太は卒業生である杉原の姉に、式のあとで裏庭に呼び出された。

杉原の姉は「おっかないけど美人」で、男兄弟しかいない孝太にとっては憧れの存在でもあったが、杉原が死んでから、申し訳がなくてろくに顔を合わせなかった。

月命日に仲間たちと一緒に杉原の家へ、仏壇に手を合わせに行っても、杉原姉の顔をまともに見られなかった。

——最後に、あいつと何話したの？——

そんなふうに聞かれたらと思うと怖かったからだ。

だが、最後の呼び出しを無視するわけにはいかなかった。

裏庭に行くと、すでに杉原姉は来ていた。

「……ちっス、卒業、おめでとうっス」

「どうも」

短い言葉が返ってきたあと、しばらく沈黙が続いた。

その沈黙を破ったのは、杉原姉だ。

「ねえ、あんたさ、マジでウザい」

沈黙の果ての言葉がそれで、孝太は戸惑った。

呼び出しておいて、いきなり「ウザい」と言われて、戸惑わないわけがないのだ。

だがその孝太に、

「弟が死んだこと、悲しんでくれてんのは身内として正直、ありがたいって思ってる。あいつのこと忘れないでくれてんだなって」

杉原姉はそう言って、すぐさま続けた。

「けどさ、いつまでもめそめそすんの、やめてくれない？」

「めそめそとかしてねぇっスよ！」

あまりの言われように孝太はキレた。

めそめそはしていない。

ただ、胸のどこかに空虚さがあって、刺さったままの棘は相変わらずチクチク胸を刺し続けて、どうしていいか分からないだけだ。

だが、キレた孝太を杉原姉は鼻で笑った。

「めそめそしてんじゃんよ。毎年毎年、馬鹿みたいにカブトムシ取りにいったり、クワガタ取りにいったり、アメザリ頭に乗っけて戯れてみたり、いつまで小学五年男子の魂《たましい》ひきずってんだってあんたらが、花火大会すらスルーして、クリスマスもバイトなら、狂乱のバレンタインにも物静かって。バレンタインはモテなくてショボンだったんだけかもしんないけど、カブトムシをスルーって、あり得ないでしょ？」

人が聞けばとんでもなく斜め上な発言だ。

しかし、それは孝太たちを間近で見てきたからこそ、ど真ん中を言い当てた言葉だった。

「他の連中も大概面倒くさいけど、あんたが一番面倒くさい」

杉原姉はそこまで言って一度言葉を切り、小さく息を吐いた。

「……最後にあいつと会ったのが、あんただってのは、知ってる。そのことに責任っていうのとは違うけどさ、なんらかの重荷みたいなの感じてんのも分かる。でもさ、弟のことで、あんたが必要以上に落ち込んで、あんたらしくなく腐抜けた感じで生きてんの見てたら、マジ痛い」

言いたい放題の杉原姉だが、孝太を見る目は怒っているわけでもなく、ただ孝太を心配しているように見えた。

「もうさ、弟はどうやったって生き返んないじゃん。だったら、弟と最後に会った時に何も言えなかったとか、俺が何か言ってれば変わったんじゃないかとか、そんなどうにもなんないこと考えて責任感じるより、弟が生きられなかったこの一年ちょっとを腐抜けて生きてきたことに責任感じてよ」

むちゃくちゃな言い分だと思った。

むちゃくちゃなのに、孝太の胸に刺さってくる。

「意味…分かんねえっスけど……」

返す孝太の声が震えた。その孝太に、

「どうせ、そのうちあんたは立ち直るんだから、だったら今すぐ立ち直って。弟をヘコんでる言い訳に使わないで。さっさと春の花見の計画立てて、ゴールデンウィークは原付ツーリングにうつつ抜かして、夏はアメザリ頭に乗っけてクワガタにはさまれてろ。……それで、弟がいた時みたいに、笑ってろ」

相変わらず言いたい放題した杉原姉は、孝太の頬を指先でつねり上げてから「以上、私からの答辞だ、バーカ」そう笑って言って、孝太を置き去りにしてさっさと帰っていった。

つねられた頬が痛くて——それでも、温かくて、孝太は泣いた。

◆◇◆

「……まだ、何も始まってない歳で死んじゃった友達のことを思ったら、今でもやっぱり泣きたくなる時もあるんス」

ぽつりと、孝太は言った。

陽は隣に座る孝太を見たが、孝太は前の花壇に目をやったままだ。

それは、花壇ではなく、別のものを見ている、そんな気がした。

「でも——俺は俺で生きてかなきゃなんないから、泣いてばっかりもいられないって。立ち直るんなら、今立ち直れって、乱暴な言い方だけど、その姉ちゃんは言ってくれたのかなって思ったんスよね。……事故に遭わなかったら、あいつも生きられてたはずの時間を、ちゃんと生きてかないとなーって」

杉原のことを忘れたわけではないが、少しずつ、思い出す時間が短くなった。

それでも東京にいる時は月命日には仏壇に参らせてもらって――その時に楽しかったことを思い出話として話すこともできるようになって。

杉原がいない。

そのことが普通になっていくのを、悲しいと思うこともあった。

でも、だからこそ、ちゃんと生きていかないと、と思うようになった。

「とはいっても、あいつの分も、とか、あいつの代わりに、とか、そういうのは無理っスけど、俺は俺の命を全うしねえとって。……そういう意味では、園部のおばあちゃんは、命を全うしたと思うんス。見事なくらいに」

「いのちを、まっとう……」

呟いた陽に、孝太は視線を向けた。

それは、さっきまでの、陽の知らない顔をした孝太ではなくて、いつもの、孝太だった。

「うん。うまく言えないんスけどね。俺は、そんなに園部のおばあちゃんのこと、知ってるわけじゃないっスけど、多分、若い頃には戦争もあって大変で、おじいちゃんも、子供さんもおばあちゃんより先に亡くなってて……そういう悲しい思いもして、でもきっと楽しいこともあって――経験しなきゃいけないことは全部経験し切って、死んだんじゃないのかなって思うんス。集落のじいちゃんやばあちゃんたちは、長い付き合いの中で、同じような経験をして、一緒に乗り越えてきて……だから、笑えるんスよ。笑って、見送ってあげられるんス。よく頑張ったなーって感じで」

そんな孝太に、陽はきつく眉根を寄せた。

「……でも、ボクはわらえない。すごくかなしいし、さみしいもん」

「陽ちゃんは、それでいいんス。笑って送ってもらえるのも、泣いて惜しんでもらえるのも、どっちも正解なんス」

孝太はそう言って、一度陽の頭を撫でてから、視線を花壇に戻した。

そのまま、二人とも何も言わず、ただ並んで座り、まだ固い蕾《つぼみ》のままのチューリップを見ていた。

どのくらいそうしていたのか、斎場に行っていた涼聖や自治会長たちが戻ってきたらしく声が聞こえてきた。

「精進落としの時間っスね。……戻ろっか」

孝太はそう言って立ち上がり、陽に手を差し出す。

陽はその手を握り、そのまま、孝太と一緒に小集会場に戻ってきた。

テーブルの上には仕出し弁当がずらりと並び、涼聖たちも部屋にいて、パラパラとみんな座り始めていた。

そのなか、陽はさっき八つ当たりしてしまったおじいちゃんとおばあちゃんのところに近づいていって、頭を下げた。

「さっきは、ごめんなさい」

謝る陽に、

「ええんよ、陽ちゃん」

一人が言って、陽の頭を撫でた。

みんな、陽が毎日園部の家に見舞いに行っていたことも、そして看取ったことも知っている。

自分たちにとって、大往生と言うしかない園部の死は、これまで見送ってきた人たちの死の中でも穏やかなものだった。

喪《うしな》った寂しさもあるし、悲しみもある。

だが――それでも、そうありたいと思えるような、引き際だった。

しかし、幼い陽にとっては、すでに両親を亡くしているとはいえ、『死』というものを認識して初めて接するそれは、大往生であれ、深い悲しみになったことは容易に想像がついた。

「陽ちゃんに、いっぱい泣いてもらえて、園部のおばあちゃんは喜んどるよ」

その言葉に、近くにいた住民も頷く。

「そんだけ陽ちゃんに惜しまれとるってことじゃからな」

「推《お》しに惜しまれて逝けるのは幸せじゃわ」

みんな優しく笑いながら、言う。

笑って送るのも、泣いて惜しむのもどちらも正解だと孝太は言っていた。

それなのに八つ当たりした陽を、誰も責めたりはしなくて、逆にどうしていいのか分からなくなる。

複雑そうな顔をした陽だが、

「でも、今日は無理でも、いつか園部のおばあちゃんのことを思い出すときは、笑ってあげてね。おばあちゃんは、陽ちゃんの笑ってる顔、好きじゃからね」

そう言われて、うん、と頷いた。

「陽ちゃん、ご飯、俺と秀人くんの間で食べるっスか？」

頃合いを見計らい、孝太が声をかける。

それに住民たちが『行っておいで』と声をかけ、陽は孝太と秀人の間に準備されていた座布団に腰を下ろす。

精進落としの席では、みんなが園部の思い出を話した。

陽が知らない、若い頃の園部の話は尽きることがなく――孝太が、さっき話していたことがぼんやりと分かるような気がしたのだった。

6

涼聖が、琥珀、陽、伽羅とともに家に戻ってきたのは夕方だった。

園部が亡くなったのは月曜で、翌日の通夜は診療時間と重なっており、涼聖は一人先にお悔やみをすませていた。

今日は休診日だったため最後まで参列することができたのだ。

陽は園部が亡くなった日から悲しみとおしていて、集落から戻る車の中で、もうウトウトしていた。

それでも帰宅後、着替えてしばらくの間、部屋でシロと過ごしていたのだが、寝てしまったと、シロが居間に伝えにやってきて、琥珀がきちんと寝かせてやるべく布団を敷いてやりにいった。

陽にとっては、ここしばらくは激動といっていい日々だった。

気疲れしていても、まったくおかしくない。

——俺が斎場に行ってる間も、なんかあったみたいだし……あとで琥珀に聞くか…。

そんなことを考えていると、

「涼聖殿、今日の夕ご飯ってがっつりいります?」

伽羅がそう聞いてきた。

「いや…、精進落としのお膳を食べたのが二時過ぎだったからな……結構なボリュームあったし、いつもほどじゃなくていい」

「じゃあ、一汁一菜くらいでいいですかー？」

「ああ。っていうか、俺が作るぞ？　お前もそんなに腹減ってないんだろ？」

涼聖の言葉に、

「っていうか、基本食べなくても平気ですしねー、俺たち。まあ、おいしいものは好きだし、習慣だから食べますけど、今日みたいに昼食が遅かったりした時は、ぶっちゃけナシでもいいかなってとこはあります」

伽羅は素直に言ってくる。

忘れがちな事実というか、彼らが稲荷だということを忘れてはいないけれど、ナチュラルに人間の生活に溶け込んでいるので、自分と同じように三食食べるものだと思いがちだが、実際には食事を必要とはしない。

基本的に彼らは「気」を摂取するだけでいいのだ。

「なら、琥珀も似たようなもんで食わねえだろ。だったらなおさら自分で作るぞ」

「いや、涼聖殿が食べるんなら、ついでにつまむ程度に食べるつもりなんで」

伽羅がそう言ったとき、琥珀が陽の部屋から出てきた。

「琥珀殿、夕食のことなんですけど、涼聖殿は軽めでいいって言うんで、琥珀殿も軽めでいいですかー？」

「そうだな」

琥珀が答えると、伽羅は、

「じゃあ作ってきますねー！　すぐですから、待っててください」

軽い足取りで台所へと向かう。

それを見送ってから、涼聖は琥珀に聞いた。

「陽はぐっすり眠れてそうか？」

「ああ。寝かし直してもまったく起きる様子がない」

「……ここ二、三日、いろいろあったからな」

陽にとっては、ひたすら悲しい日々だっただろう。

もともと陽は感情が豊かだが、あのような号泣は滅多にない。

これまでに陽があのような泣き方をしたのは、涼聖が覚えている限りでは琥珀絡みで何かがあった時だけだ。

「……俺が斎場に行ってる間、陽に何かあったのか？」

しばらく黙したあと、涼聖が聞いた。

斎場から小集会場に戻った涼聖が見たのは、陽が集落の老人たちに謝る姿だった。

何があったのか結局分からないまま、帰ってきたのだ。

「通夜や、葬儀でいろいろ思うところがあったようだ」

琥珀が答えた時、

「お待たせしましたー」

伽羅ができた夕食をお盆に載せてやってきた。

ご飯と、常備菜、そしてミニオムレツを体裁よく盛り付けたワンプレート料理と、味噌汁だ。

「おまえ、なんだかんだ言ってほんと、デキる七尾だな」

感心したように言う涼聖に、

「もっと褒めてくれていいんですよー？」

笑って言いながら、料理を配り、自分の定位置に座る。

そして「いただきます」のあと、

「さっき、琥珀殿と、何話してたんですかー？」

自分の登場で尻切れになっただろう話題について言及してきた。

「陽のことだ。俺が斎場に行ってる間、なんかあったのかって」

涼聖の問いに、伽羅はちらりと琥珀を見る。それに琥珀が頷くと、

「何かっていうか、感じ方の違いに陽ちゃんが納得できなかったっていうか、温度差みたいなのに堪えかねたって感じですかね」

伽羅はざっくり言った。

「もうちょい詳しく頼む」

涼聖が言うと、伽羅は静かに説明を始めた。

「園部のおばあちゃんは『大往生』じゃないですか。だから、集落の人たちにとっては悲しいけれど、もう十分生きたって感じで、見送る側としては納得のいく終わりだったんで、立ち直りが早いっていうか。まあ、これまでの『死』に対する経験値の違いもあるんだと思うんですけどね。それに対して陽ちゃんにとっては、『死とはなんぞや』って意識が固まって初めて経験する身近な人の『死』でしたし、どんな形であれ『死んでしまった』ことへの喪失感が大きかったんです」

「ああ、それは分かる」

「だから、お通夜や葬儀に来てた集落の人たちが、ちょっと思い出話とかに花が咲くこともあったじゃないですか。笑ったりして」

「あー……」

予想がついて、涼聖は頷いた。

「陽ちゃん、我慢できなくなったみたいで、園部のおばあちゃんがもういないのに、どうしてみんな笑えるのかって、そう言って出てっちゃったんですよね。それを孝太くんが追っかけて行ってくれて、うまく言ってくれたんだと思います」

そういえば孝太と一緒に戻ってきていたな、と涼聖は思う。

「そうか……、孝太くんは本当に陽のいいお兄ちゃんだな」

「そう思いますよー。俺や琥珀殿でも、陽ちゃんを納得させるの、多分難しかったと思います。俺たち目線での『人の死』っていうのは、また、感覚が違うんで……」

伽羅が言うのに、琥珀が頷いた時、陽の部屋の襖戸が小さく開いた。

それに視線をやると、そこにはシロがいた。

「シロ、どうした?」

問う涼聖に、シロは、

「……われも、できればしょくじをいただきたいのですが…」

遠慮がちに言う。

その言葉に涼聖、琥珀、伽羅の三人は「あっ!」という顔をした。

陽とシロに関してはついセットで考えてしまうため、「陽が寝てしまった＝シロも寝ている」と、勝手に思ってしまったのだ。

だが、シロは昼食をいつもの時間に食べたあと、何も食べずに、今なのだ。

もちろん、シロとて食事を必要としない存在ではあるのだが、同じく食事の必要ない琥珀と伽羅が食べているのに、シロにだけ食べさせない、というわけにはいかない。気持ち的に。

「シロちゃん、すみません。すっかり忘れちゃってましたー」

素直に謝る伽羅に、シロは、

「いいえ。われも、こはくどのがへやをでられるときに、いえばよかったのですが……」

なんとなく言いそびれてしまった、といった様子で返した。

「シロ殿、私と一緒でよければここで食べぬか？」

琥珀が言う。

「よいのですか？　こはくどののぶんがへってしまいます……」

シロがそう言って遠慮するのに、

「シロ殿が食される分は、さほどでもないゆえ。さ、こちらに」

琥珀が呼び寄せる。

それにシロは笑顔を浮かべると、琥珀のもとに向かう。そして琥珀にちゃぶ台の上に乗せてもらい、夕食に参加した。

◆◇◆

その後は、陽が寝てしまっている以外は、いつも通りに時間が過ぎた。

琥珀が風呂を終えたあと、涼聖は風呂に向かう。

温かな湯に浸かり、少し気持ちが緩んだ瞬間、思いのほか自分が疲れていることに気づいた。

——俺でこれだけ疲れてるんなら、陽が寝ちまって当然だな……。

そんなことを思いながら、いつもより少し長めに風呂へ入り、自分の部屋に戻ってくると琥珀がベッドに腰掛け、待っていた。

「琥珀、どうかしたか？」

「……陽のことで、涼聖殿に話しておいたほうがいいと思ってな。少し、かまわぬか？」

琥珀が言うのに、涼聖は頷き、琥珀の傍らに腰を下ろす。

「ひと月半ほど前か……陽が目を腫らして起きてきたことがあったのを覚えているか？」

その問いに涼聖は軽く記憶をめぐらせ、頷く。

「ああ」

「あの前日、陽は涼聖殿の往診についていき——園部殿の死が近いことを知った」

琥珀の言葉に涼聖は目を見開いた。

「……そんなに前からか」

陽と一緒に往診に行く日は少なくないし、その日だとはっきり断言はできないが、車の中で寂し気にしていたことがあるのを覚えている。

「陽が視た園部殿の最期は、夜に、誰にも看取られず逝く、というものだったようだ。それを知ってしまった陽は、園部殿を一人で逝かせるのはかわいそうだと、私に言った」

そこまで言って琥珀は一度言葉を切り、そして少し間を置いてから続けた。

「陽が知ったことは、本来、人が知り得ぬ事柄だ。陽が稲荷となるものであるからこそ知ったことであり、それを利用するのはよくないと話した。そして、あとは陽の判断に任せると、そう伝えた」

「陽は、園部のおばあちゃんが死ぬその日を、分かってたのか？」

「最初は分からなかっただろう。ただ、近い、とだけ。だが、三日ほど前になって、はっきりと分かった」

――毎日、陽ちゃんが来てくれるから楽しくしてますよ――

いつだったかの往診で、園部が話していたのを思い出した。

陽は園部が心配で、毎日通っていたのだろう。

そして、通ううちに「その日」をはっきりと知った。

だが、それはそれでつらかっただろうと思う。

知ってからもギリギリまで、どうすべきかを悩んで――。

「……陽のしたことは、琥珀的にはやっぱり駄目なことか？」

涼聖は聞いた。

本来人が知るべきではないことを、利用するのはよくないとさっき言っていたからだ。

琥珀はしばらく考えたあと、

「生死の理に触れたわけではない。陽では触れられぬと分かってはいたが……先々のことを考えれば、陽は稲荷として力を持つ身だ。私欲に駆られて力を振るってはならぬということを、学ばねばならぬ。そういう意味では……」

そう言ったが、琥珀の表情からも判断がつかない様子だった。

琥珀たちの世界には、涼聖では想像もできない細かな取り決めがいろいろあるのだろうと思う。

だが、それでも、

「でも、俺は陽のしたことを、評価してやりたいと思う」

涼聖は言った。

あの夜、ギリギリまで悩んで、布団に入ってまで悩んで、出した決断だ。

陽にとって琥珀の存在は大きい。

その琥珀に止められたことを覆《くつがえ》すのに、相当悩んだはずだからだ。

それと同時に、事実を知った今、陽が園部の最期を一人にさせたくないと思った優しさが、嬉しかった。

しばらくの沈黙のあと、

「俺はここに来てよかったって、前から思ってたけど、今、改めてそう思ってる」

涼聖は呟くように言った。

「前の病院では救命救急で勤務してたって話は前にしたと思う」

「ああ」

「急な病気とか、怪我、事故に対応するから、搬送されてくる患者は軽傷から重傷まで、いろいろだ。助けられない患者がいることも多かった。救えない命があるっていうのは頭で分かっててても、実感した時にはショックで――でもそのうち、それが普通のことになってた」

目の前の患者に、全力で向き合う。

その時の最善を尽くす。

できるのはそれだけだ。

神様でもない限り、すべての人を助けるなんてことはできないのだ。

「死亡診断書だって、何枚書いたか分からない。一つの書類、そんな感じになって――医者としてそれは普通の感覚かもしれないけど、少しずつ自分が、自分の思う『普通』から外れていく気がしてた」

人の死は、避けられないことだ。

でも、それは、人の世界では「特別なこと」でもある。

死が特別ではなくなっている自分が、怖かった。

「今回、久しぶりに――ここに来て初めて、死亡診断書を書くことになって……書き始めて、園部のおばあちゃんの姿とか、声とか、話したこととか…そういうことを思い出して、泣きたくなった。人が死ぬってことに対して、過剰に思い入れたりするのは、医者としては駄目なのかもしれない。でもそういう気持ちすら持てなくなりかけてた分、俺はどこか、救われたような気持ちになった」

涼聖の言葉を、琥珀はただ、黙って聞いていた
居心地の悪くない沈黙がしばらくあり、涼聖は再び口を開いた。

「俺は、どうやったって、お前より長くは生きられない。おまえを残していくことになる。……

それでも、終わりの日までおまえのそばにいていいか？」

涼聖の言葉に、琥珀は、

「……おまえのその望みは、もうとうの昔に聞き入れている」

穏やかな表情で言った。

――むしろ、私のほうがそなたには何度も心配をさせている……。

出会ってすぐの頃、中谷の魂が体から離れようとするのを強引に引き戻した時。

龍神によって魂が引き裂かれた時。

そして――本宮に長く療養に向かうことになった、あの件。

そのたびに涼聖に心配をさせてきた。

だからこそ、思う。

もし涼聖にその時が来るなら、必ずそばにいたい、と。

――結局は、私も、陽と同じことをするだろう……。

たとえ罰せられるとしても。

「涼聖殿、もし――」

琥珀はふと、頭に浮かんだ考えを口にしようとして、それを止める。

「どうした？」

問う涼聖の声に、琥珀は少し考えたのち、頭を横に振った。

「いや、なんでもない」

「なんでもなくないだろう？」

促されたが、もう一度琥珀は頭を横に振った。

「園部殿のことで、私も少し感傷的になっているようだ。今、言うべきことではないゆえ、また時を改めて」

こうなると、これ以上追及したとしても琥珀が話さないことは経験済みだ。

「分かった」

涼聖は短く返し、そっと隣の琥珀の肩を抱き、しばらくの間そうしていた。

7

翌日は、園部の骨上げがあった。

自治会長と、園部と懇意にしていた集落の住民が斎場に向かい、お骨を拾いに行き、それを持って園部の家に戻ってくることになっていた。

そのあと、園部の家で初七日の法要が行われるのだが、涼聖は診療所があるので参加できないため、涼聖は代わりに陽へ行ってほしいと依頼した。

もちろん、陽だけではなんなので、伽羅にも同行を頼んだ。

稲荷神である伽羅に、仏式の法要の参加を頼むのもどうかと思ったが、すでに通夜、葬儀と参加しているし、本人も特にそのあたりは何も言ってこなかった。

陽と伽羅が園部の家に行くと、近所の住民がちらほらと集まっていた。

玄関を入ると、まだ園部がいるような気がして、陽の涙腺が緩む。

いつも園部が寝ていたベッドは、まだ片づけられてはいないが、布団が綺麗にたたんで置かれていて、もう園部がいないのだと教えているようだった。

「陽ちゃん、伽羅さん、来てくれたんねぇ」

先に来ていた東出が二人を見つけて、言う。

「うん。りょうせいさんが、しんりょうじょでこられないから、かわりなの」

「陽ちゃんが来てくれて、園部のおばあちゃん、きっと喜んどるよ」

東出は陽の頭を撫でる。

「さ、奥の部屋で待ってて」

そう言われ案内されたのは、これまで陽が入ったことがない、奥の和室だった。

そこには仏壇があって、その隣に祭壇が組まれており、園部の遺影と位牌がお供えの花と一緒に置かれていた。

適当な場所に座って、と言われるまま、置かれている座布団の上に座る。

少しすると斎場に行っていた自治会長たちが、骨壺を持って部屋に入ってきた。

大きなものと小さなものが二つ、それが祭壇に置かれて間もなく、お通夜の時から来てくれている僧侶が来て法要が始まった。

読経の間は基本的にすることがなく、途中で一度だけ、焼香台が回ってきたので焼香したが、それ以外は座って読経を聞いているだけだ。

それで、陽は部屋の中をゆっくり観察した。

祭壇の奥には床の間があって、鶴《つる》と亀《かめ》の掛け軸と、何も入っていない壺《つぼ》があった。

壁には窓が一つ。葉を付け始めた梅の木の枝が見えた。

そのままゆっくり仏壇へと目を向け、陽は仏壇の上に飾られている三枚の遺影のうちの一つに見入った。

優しそうな笑顔のおじいさんがいた。

――あのおじいさん、おばあちゃんをむかえにきたひとだ……。

いったい誰なのか気になった陽は、読経が終わったあとに出されたお茶を飲みながら、隣に座っていた松川に聞いた。

「まつかわのおばあちゃん、おぶつだんのうえに、さんまい、おしゃしんがあるでしょう?」

「ええ、あるわねぇ」

「いちばん、みぎはしのおじいちゃん、だれ?」

「右端のおじいちゃんは、園部のおばあちゃんの旦那さんよ」

松川に教えられ、陽は納得した。

だから、園部を迎えにきたのか、と。

二人のやりとりを聞いていた伽羅は、

「旦那さん、イケメンだったんですねー」

と、感心したように言う。それに松川は頷いた。

「三十年ほど前に亡くなったんだけれどねぇ、格好いいおじいさんでねぇ。ダンディーっていうのかしらねぇ」

「園部のおばあちゃんも若い頃は美人だったのよぉ。歳取ってからも可愛いおばあちゃんだったけれど、私が十になる頃に園部のおばあちゃんがお嫁に来てねぇ。その時は、綺麗なお嫁さんが来たーって、大騒ぎしたくらい」

そう言うのは集落出身の東出だ。

「昔は結婚式場なんてないから、神社で神主さんに祝詞《のりと》上げてもろうて」

「そうそう。今はのうなったけど藤代《ふじしろ》さんて大きい家があって、そこのお座敷借りて披露宴してねぇ」

「昔は、あそこのおうちのお座敷、よう借りてたねぇ」

七十歳以上の住民たちが話し出して、ひとしきりの昔話が落ち着いた頃、お開きになった。

「陽ちゃん、俺は家に帰りますけど、陽ちゃんはいったん診療所に戻りますかー？」

外に出ると、伽羅が聞いた。

「うーんとね、おひるごはんまで、もうすこしじかんあるから、ちょっとさんぽしてから、しんりょうじょにかえる」

園部の家を出る時に壁の時計を見たら十一時半前だった。

午前中の診療受付は十二時半までなので、あと一時間ほど時間がある。

「分かりましたー。じゃあ、帰る前に診療所に寄って、陽ちゃん散歩してから戻ってきますって言っておきますねー」

伽羅が言うのに、陽は頷いた。

「うん！　ありがとう」

「どういたしまして。じゃあ、陽ちゃん気をつけてお散歩してきてください」

「きゃらさんも、きをつけておうちにかえってね」

心配してくれる言葉に、陽も伽羅の無事の帰宅を祈って手を振り、散歩に向かう。

園部が死んでしまったのは今でも悲しいし、もういないということがたまらなく悲しいと思う。

それでも、あの夜、園部を迎えに来たおじいさんを見た時、園部は笑っていた。

――ひとがしんじゃうのは、かなしい。

間違いなく、悲しい。それは変わらない。

けれど、孝太が言ったとおり、園部は「生き切った」のだろう。

だから、迎えに来た時、おじいさんに笑ったんだろうとも思う。

そして最後に、頭を撫でてくれた。

あれから琥珀は何も言わなかったが、もし、琥珀に叱られるとしても、陽は自分のした選択を後悔していない。

――だって、ボクは、そのべのおばあちゃんのおそばにいてあげたかったもん。

園部の何の役にも立たなかったかもしれない。

ただの自己満足かもしれない。

でも、もし、園部の家に行かなかったら陽はきっと、今こんなふうに考えることはできずにいただろうと思う。

園部を一人で逝かせたことを、きっと悔やんだ。

悔やんで、やり直せたらと思ったはずだ。

少なくとも今、後悔せず、すっきりとした気持ちでいられるのは、自分で考えて答えを出したから自分で考えて答えを出したからだ。

——だから、こはくさまも、さいじんさまも、じぶんできめなさいっていったのかな……。

まだまだ子供の陽には、難しいことがいっぱいだ。

そんなことを考えながら歩いていると、少し先のほうに秀人がいるのが見えた。

「あ、ひでとくん！」

声をかけ走って近づいていくと、秀人も途中で陽に気づいて笑いながら歩み寄ってきた。

「ひでとくん、こんにちは！」

「こんにちは、陽くん。お散歩かな？」

挨拶する陽に、挨拶し返しながら聞いた。

「うん。あのね、そのべのおばあちゃんの、しょなのかにいってたの」

「そうだったんだ」

答えながら、今日は元気でよかった、と秀人は思う。

「きゃらさんも、いっしょにいってたの。でも、きゃらさんは、さきにかえって、ボクはちょっとだけさんぽしてから、しんりょうじょにかえろうとおもってあるいてたら、ひでとくんがいたの」

「じゃあ、どこかに行く途中？」

秀人が問うのに、陽は頭を横に振った。

「ううん。とくにどこかっておもってなかったの。ただ、おひるごはんまでにはじかんがあるから、おさんぽしようとおもっただけ。ひでとくんは？」

「俺も散歩だよ。散歩のついでに、空き家に風を通しておこうと思って」

以前は孝太が定期的にやっていたのだが、今は秀人も手伝っている。手伝いの範疇なのは、孝太も仕事が行き詰まったりした時の息抜きついでに、空き家に行くからだ。

なので、二人はいつどの空き家に風を通しに行ったかを連絡し合っている。

「ボクもついていっていい？」

「もちろん」

秀人がそう言ったとき、彼の持っている携帯電話が着信を告げた。

秀人は陽に断ってポケットから取り出し、画面を見て着信相手を確認したが、電話に出ることなくまたポケットに戻した。

「ひでとくん、でんわでなくていいの？」

不思議そうに問う陽に、秀人は笑顔で頷いた。

「うん。出たらものすごく長くなる人だから、あとでかけ直すよ。じゃあ、行こうか」

秀人が差し出してくる手を陽は握る。

歩き始めると、着信音は切れた。

それに秀人はひそかに安堵しながら、陽と一緒に空き家へと向かった。

◆◇◆

伽羅のまだ戻ってきていない香坂家では、シロが縁側から外を見てソワソワしていた。

庭はもうすっかり春めいていて、きなこは踏み石の上で香箱座りをして日向ぼっこ中だ。

——きょうも、いらっしゃらないでしょうか……。

シロは胸のうちでひとりごちる。

あれからずっと柘榴が来るのを、シロは待っている。

また次にと約束はしたものの、いつ、というような形のものではなかった。

もちろん、シロはよほどの時を除いて——陽や伽羅に誘われて、近場に出かける程度のことだ——ずっと家にいるので、いつ柘榴が来たとしてもすれ違いになることには滅多にならない。

だが、一つだけ、懸念《けねん》しなくてはいけないことがあった。

以前通り、伽羅が日中はほとんど家にいるので、もし柘榴が来れば気づく可能性が高い。

それを伝えたいのだが、伝えるためには一度会わなくてはいけない。

だが、会う、ということは結局伽羅に気づかれるかもしれないということだ。

——たまごがさきか、にわとりがさきか、ですね……。

シロは小さくため息をついた。

「待ち人来らず、か？」

そのシロに、いつの間にか人の姿を取って近づいてきていた龍神が声をかけた。

シロは龍神を振り返ると、

「りゅうじんどのが、そうしてそこにいらっしゃると、ざくろどのがおいでになりません。きんぎょばちにもどっていてください」

少し唇を尖らせて言う。

しかし、龍神は気にする様子もなく、

「伽羅が戻った以上、以前のようには会えまい。敷地の外に逢い引きの場所を設けねばな」

そんなことを言ってくる。

柘榴が、警戒しなければならない相手ではないかという疑いがあることは、龍神も少しは分かっているはずだ。

普通であれば、会わないようにと言って然るべきだと思う。

なのになぜ、会うための策について言及してくるのだろうか。

――われを、からかっておいでなのでしょうか……？

そういう傾向が普段の龍神にないとは言えない。

だが、害をもたらすかもしれない相手を、やすやすと近づけようとするわけもなさそうな気がするのだ。

「……りゅうじんどの、ざくろどのとわれがあうことについて、どのようにおかんがえなのでしょうか」

真意を知りたくて、シロは聞いた。

「うん？」

「ざくろどのがここにいらっしゃることを、もろてをあげてさんせいなさっている、というわけではないのでしょう？」

シロの言葉に龍神はにやりと笑った。

明らかになんらかの思惑がある顔だ。

「柘榴とかいうものが、お前に会いに来る理由が、千代春という存在の情報を得るためだけか、それともそれをダシにこちらを罠《わな》にかけようとしているのか、見極める必要がある。……我が千歳と関わったのが奴であれば、何らかの裏があるだろう」

「そのために、と？」

シロは警戒をあらわにする。

気づいていないふりで騙すと言っているのと大差ない言葉だったからだ。

それを龍神は鼻で笑った。

「奴が害意をこちらに向けぬ間は、我は何もせぬ。だが……琥珀や伽羅は我ほど物分かりがよくはないぞ？」

柘榴が何ものなのか、それはシロにも分からない。

涼聖たちに災《わざわ》いをもたらす存在ではないと言い切ることができないのだから、本当は会うべきではないのだろう。

だが、会わない、という選択をすることも、シロにはできなかった。

自分が、柘榴の捜している千代春かどうかもわからない。

未だに、何も思い出せないのだ。

答えが出ないまま、会えなくなるのは避けたかった。

「……りゅうじんどの、なにかさくがあるのでしょうか」

悩んでシロは問う。

それに龍神は頷いた。

◆◇◆

その週の末、土曜の診療を終えて涼聖たちは昼過ぎに戻ってきた。

おやつまでの時間、陽はシロと一緒に居間のちゃぶ台でお絵かきをしていたのだが、部屋に戻っていた琥珀が襖戸を開け、

「陽、白狐様がそなたに話があるとおっしゃっている。こちらへ」

と、声をかけてきた。

「……びゃっこさまとおしゃべりしてたの？」

問いながら陽は立ち上がり、

「シロちゃん、まっててね」

そう言うと琥珀の部屋に向かった。

琥珀の部屋には台座にしつらえられた十五センチほどの水晶玉が置かれ、その水晶玉の中に白狐が映っていた。

陽は水晶玉の前にちょこんと座ると、

「びゃっこさま、おしさしぶりです」

そう言ってぺこりと頭を下げる。

琥珀は水晶玉に映らない場所に腰を下ろし、二人が話す様子を見守る。

『元気にしておじゃるか？』

白狐の問いに陽は頷いてから、思い出したように、少し眉根を寄せた。

「あのね、いまはげんきだけどね、げんきじゃないときもあったの」

そう言って、園部のことを話しだす。

その姿に琥珀は予期せず陽自身から、その話が出たことに少しほっとする。

今回の件について、琥珀は白狐に相談をしていた。

もちろん、わざわざそのことだけで白狐と連絡を取ったわけではない。陽のことで悩んでいる琥珀の様子を見た伽羅が、白狐と連絡を取る際に、今回の件を話したからだ。

そう、琥珀も悩んでいた。

陽に任せるとは言ったものの、今の陽にはまだ難しすぎる問題だというのも分かっていた。

だが、いろいろなことについて「考える」ことや「感じる」ことが育っている今、陽の意志を無視することも、優先しすぎることもできなかった。

そうすれば、次回、同じことが起きた時に、「この前は違ったのに」と、陽の認識がぶれる恐れがあったからだ。

「稲荷になるもの」として、人に近寄りすぎてはならない。

情の深さは時として、判断を誤らせることもあるからだ。

それと同時に、以前龍神が言ったとおり、情のない育ち方をしてほしくもないのだ。

どうすれば、どちらも損なうことがないのか、自分にできることは何か、悩んでいた。

もちろん、琥珀なりの答えを示すことはできる。

しかし、そうすれば陽は「考えること」を放棄して、琥珀の出した答えに流される。

そのため、安易な助言もできなかった。

集落の祭神からも、陽から相談を受けたと伝えられたが、特に助言はしなかったと言ってくれた。

琥珀の考えを理解してくれてのことだった。

それを、琥珀はありがたいと思った。

系統の違う神族へ気軽に相談に行けることなど、普通は滅多にない。

力を持つ子供は、その神族の中だけである程度まで育てられていくからだ。

だから、陽は特異な育ちをしていると言える。

そして、自身の天真爛漫《てんしんらんまん》さで、多くのものから受け入れられて、見守られているのだ。

そう思えば、陽が道を踏み外す危険は少ないのかもしれないのだが、陽の両親から託された自分が、陽の育成においては責任を取らねばならないとも思う。

陽は水晶玉の中の白狐に、涙ぐんだりしながら、顛末《てんまつ》を話して聞かせた。

白狐はその間、言葉を挟むことなく、相槌《あいづち》を打つ程度で、陽がすべてを話し終えてから口を開いた。

『そうでおじゃるか……、人の子は、必ず死んでしまう。それは避けられぬ理だということは、陽も充分分かっておろう』

「うん…、はい」

陽は神妙な顔で言い直した。

『寂しいことではあるがな』

その言葉に、黙ったまま頷く。

『琥珀殿も言ったと思うが、我らには人が持たぬ力が与えられる。今の陽に与えられた力はさほど、人の理に影響をもたらすものではないとはいえ、その力を使う時には注意をせねばならぬでおじゃる。……此度、陽のしたことは正しいとも、悪いとも、判断はできぬ』

「……シロちゃんも、どっちともいえないって、いってたの…」

だからこそ、陽は悩んだ。

どちらか一方をダメなことだと言われれば、諦められるのに、と。

『うむ。それゆえに難しい。人の世界というものは、単なる善悪だけでできているわけではないでおじゃる。あるものから見ての善が、あるものから見ると悪にもなる。そのような世界であるからこそ、我らのようなものが力を振るう時には、注意せねばならぬでおじゃる』

白狐の言葉に、陽はただ無言で頷く。

今の陽にすべてを理解することはできないだろう。

だがそれでも幼いなりに考えたことは、必ず陽の力になる。

『……もし我が陽であっても、園部殿を看取ることを選んだと思うでおじゃる』

白狐は陽の行動に同意する言葉を口にするが、すぐに続けた。

『しかし、それは「人の知り得ぬはずのこと」を私欲……園部殿を一人にしたくない、という陽の気持ちのために使った、ということも理解しておじゃるな？』

「はい」

素直に返事をした陽の目に、迷いはなかった。

それだけで、琥珀は、今回のことが陽を一つ成長させてくれたのだと安堵する。

——園部殿のおかげだ……。

心の中で、園部に礼を言う。

そして成長した陽は、

『陽のしたことには同意はするが、私欲のために使った、ということに関しては、見過ごすわけにはいかぬでおじゃる。それゆえ、これより三日間、おやつ禁止でおじゃる』

白狐より言い渡された罰に、目を見開く。

「え……っ」

お菓子星人である陽にとって、一番効く罰だった。

「きょう、から……？」

陽が問い返すのに、白狐はこっくり頷く。

『うむ。いまからでおじゃる』

途端に陽のテンションが爆下がりになる。

今はおやつ待ちをしていた時間だし、明日は買い物ついでにショッピングセンターで食事をして、デザートまでつくのが定番なのだ。

「デザートも、だめ？」

『デザート？　甘味じゃな？　お菓子ゆえ、それもダメじゃなぁ……』

予想はしていたものの、はっきりダメと言われて、陽はさらにしょげる。

しかし、

「……あさごはんのパンに、ピーナッツバターとか、ジャムとかぬるのは、おやつじゃなくてごはんでいいですか？」

陽は食い下がって聞いてくる。

お菓子星人にとって、お菓子以外での甘いものまでアウトになるのは非常につらいのだ。

『それくらいは許すでおじゃる。しかし、朝はパンでおじゃったか……』

少し驚いた様子で言う白狐に、

「いまね、きゃらさんがあさからやいてくれてるの。まえは、まいにちだったけど、いまはごは

んといちにちこうたいなの」

　陽が元気に報告する。

『ほう、伽羅が』

「うん！　きゃらさんのパン、すごくおいしいよ！」

　はじけるような笑顔で言う陽に、白狐は興味をそそられたらしい。

　そのうち、伽羅に白狐からパンを差し入れするように話があるだろうなと予想しつつ、琥珀は陽と白狐がしばらく伽羅のパンのバリエーションについて話すのを聞いていた。

　少しして、白狐と陽の会話が終わり、

『では、次は琥珀殿とも話すでおじゃる。陽、伽羅も呼んできてくれるでおじゃるか？』

　白狐は陽に伽羅を呼んでくるように伝える。

　それに陽は「はーい」と返事をして部屋を出て、伽羅を呼びに向かった。

　その間に琥珀は水晶玉の前に座り直し、

「白狐様、陽のために時間を割いていただき、ありがとうございました」

　改めて礼を言う。

『いやいや。陽は心根がまっすぐゆえ、心配はしておらぬ。健やかに成長しておるようで、安心したでおじゃる。……導く琥珀殿の労は大きいであろうがな』

「正直に申し上げれば、戸惑うことが多うございます。理屈だけで導くこともできませぬし、かといって情に流されても、と」

『よいよい。本宮の養育所でも、養育するものはいろいろと悩んでおじゃる。それでも、ここでは人と近い距離にはおらぬゆえ、琥珀殿ほど悩んではおらぬがなぁ。……伽羅もいることだし、龍神殿に月草《つきくさ》殿、集落の祭神殿もおいでゆえ、陽の成長に関しては琥珀殿一人で悩まずともよいでおじゃるぞ』

白狐がそう言ったとき、失礼しまーす、と襖戸の向こうから伽羅の声が聞こえた。

琥珀が入るように伝えると、伽羅が部屋に入ってきて、琥珀の隣へ座った。

「白狐様、お呼びと伺いましたが」

『うむ。いろいろあるでおじゃるが、まずは先ほど、陽から、最近そなたがパン作りに励んでいると聞いたでおじゃる』

「そうなんですよー。酵母《こうぼ》を替えたり、粉の配合を考えたりするのが楽しくて、ついハマってるんですよ」

用件が用件だからか、答える伽羅の口調は軽い。

『我も一度食してみたいゆえ、今度、送っておじゃれ』

「いいですよ」

伽羅は簡単に請け合う。だが、

「でも、パンにつけるジャムとかバターとかはそちらで準備してください」

いろいろリクエストがきそうなのを見越して、伽羅は先に断りを入れる。

それに、白狐は一瞬怯んだが、

『そこまでは世話になるわけにもと思っておじゃるが……秋《あき》の波《は》とともに食したいと思っておってな。秋の波は甘いものも好きゆえ何がよいであろうなぁ…』

相談するふりをして、秋の波の名前を出す。

伽羅が秋の波に甘いのを知ってのことだ。

「……りんごバターだけはお付けしますけど…冷凍したのがありますから」

簡単に伽羅は折れた。

『おお、ありがたい。すまぬなぁ、秋の波も喜ぶでおじゃる』

してやったり、といった様子の白狐だが、

『その秋の波でおじゃるが、野狐の頃のことをもう少し思い出したでおじゃる』

本題に入った。

それに琥珀と伽羅も顔つきが変わる。

「秋の波殿は、どのようなことを……?」

『断片的なことも多いでおじゃるが、それらを繋ぎ合わせたところ、祠を失った神が、神族問わず複数囚われているようでおじゃる。その中でも比較的力を有しておるものは、他の神を襲ったり連れてきたりするのに利用されると』

「他の神を……」

『信仰の失われた神や、開発で戻る場所を失った神は、多いでおじゃるからな。……秋の波はその役目に使われたあと、元の祠に戻され、そこで人間の負の思念を集めるのに利用されていたようじゃ』

「負の思念を……なんのためにですか」

伽羅が眉間に皺を寄せて問う。

『我らでいう野狐化のような、神堕ちを促進させるのに必要な力となすためのようじゃな。……その頃になると、秋の波のようなものたちは一つの集合意識のようになり、自分ではないものの思考や視たものが入り込むこともあったようだ。それゆえ、秋の波もどれが自分の「記憶」であるのか混乱することも多いでおじゃるが……』

白狐はそこまで言ってため息をついたあと、

『何より自身が、力を失いつつある神を襲い、奴らのもとへ連れていくことに加担していたことを思い出したせいで、自責の念に駆られておってな……』

苦々しい口調で白狐が言う。

「でもそれは、秋の波ちゃんであって、秋の波ちゃんじゃない時のことじゃないですか……!」

伽羅の言葉に白狐は頷く。

『確かにそうでおじゃる。じゃが…伽羅、そなたが秋の波と同じ立場であって、そう言われたとしても納得はできぬであろう』

「それは、そうですが……」

『まあ、秋の波のことについては、こちらで見守っておるゆえそう心配せずともよい。玉響《たまゆら》殿を、一時的に別宮の長の任を解き、ついているようにすることもできるでおじゃるし、黒曜も今は本宮におるゆえ、何かあったとて大事にはならぬ』

心配するなと言われても難しいが、現時点でできることがないのも事実だ。

——直接何かできずとも、気が晴れるようなことをして差し上げられればよいのだが……。

琥珀がそう思ったとき、

『ただ、秋の波の情報から、ものどもが根城としているのではないかと思える場所が分かりそうなのでおじゃる』

白狐が言った。

「まことですか」

『うむ。まだ、確定はできぬが……。そこを叩くことができれば、この一連の出来事に終止符を打つことができるやもしれぬ。今、黒曜の配下のものが策定を進めておるでおじゃる』

黒曜が率いる部隊は、通常の稲荷とは違い、荒事を含めた隠密作戦を遂行するものたちで構成されており、別宮とはまた違う意味での精鋭ぞろいだ。

『反魂《はんごん》などという外法は、決して用いらせてはならぬ』

真剣な声で言いきった白狐の言葉に、琥珀と伽羅は頷いた。
部屋の外、春の光で溢れる庭の光景が、まぶしい日の午後だった。

おわり

師匠と弟子

CROSS NOVELS

集落の宮大工、佐々木《ささき》には一人息子がいた。

光太郎《こうたろう》である。

特に跡継ぎになれと言った覚えもなかったが、子供の頃から佐々木の仕事を見て育ったせいか、工作ごとが好きで、自然と宮大工を目指して工業高校に入り、卒業後は佐々木のもとで修業をしていた。

親子なのでケンカもあったが、それなりの腕を持つようになり、周囲からも、

「いい跡継ぎさんがいるな」

と言われるようになった矢先――事故で命を落とした。

現場から戻る途中で事故に巻き込まれたのだ。

ほぼ即死。

苦しまなかったことだけは幸いだった、などと佐々木は当時、強がって言ったが、落胆は隠せなかった。

つらいことを忘れるために仕事に打ち込もうとしたが、宮大工が請け負《うお》う仕事というのは徐々に減っていった。

一人でも十分こなせる仕事しかなく――光太郎に跡を継がせても、満足に食べていけるだけの仕事があるかどうかだっただろうと思えば、余計な苦労をせず逝《い》けたのかもしれない、と、自分を納得させるためにそんな風に考えることもあった。

それでもまだ、妻がいた頃はよかったのだ。

その妻にも五年ほど後に先立たれ、それからは気楽な老後といえば聞こえはいいが、特にすることもない――仕事を回してくれる同業者はいたが、もう引退したからと断った――暮らしを続けていた。

不幸ではないけれど、楽しいわけでもない、いろいろなものが止まったような日常。

それをただ繰り返すだけだとそう思っていた――のだが。


「師匠！　師匠！　ここちょっと見てくださいっスよ！」

賑やかな声を出して佐々木に近づいてきたのは、弟子の孝太《こうた》である。

「おまえさんは、毎度賑やかだな。どうした」

「これ、今日一発で決まったんスよ。すごくないっスか？」

持ってきたのは、ほぞ組みの練習だ。

宮大工の工法では接合に釘を使うことはほとんどない。組手といわれる工法を使うのだ。

組手にはいくつもの種類があり、用途や素材によっていろいろと使い分ける。

「んー？　ああ、そうだな。合格点をやってもええが……」

「やったぁ！」

佐々木からの合格点に喜ぶ孝太だが、

「おまえさん、意外と本番に弱いからな……」

ぽつりと付け足された言葉に、苦笑いする。

「やっぱ緊張するんスよー。なんで、ひたすら練習あるのみっス」

「緊張するなら、一発で決めようとせんと、ちょっとずつ調整したほうがええ」

佐々木の助言はもっともなのだが、

「分かるんスけど、なんていうか、一発でズバッと！　な快感ってあるじゃないですか。それをつい、求めちゃうんスよねー」

孝太は悪びれずに言って、修業修業！　と付け足すと、自分の定位置に戻り、練習用の端材を手に、また別の組手の練習を始める。

染めた明るい髪色と同じくらい――もしくはそれ以上――に明るい性格。

正直「弟子にしてください！」と突然やってきて、家の玄関で土下座をしてきたときには、戸惑いしかなかった。

土下座と、そして、これまで関わったことのない、あまりに「イマドキ」な若者に。

髪色の明るい見慣れない若者、というだけで、この集落では注目を浴びたのだろう。

佐々木の家の様子を遠巻きに見るご近所や、孝太を案内してきた工務店の関《せき》がニヤニヤ笑っているのが見えた。

ご近所は、見慣れない若者が来たことへの警戒心と興味、そして関に至っては百パーセントの好奇心である。

「……立って、家に上がれ」

無駄に目立ちたくなくて言った佐々木に、孝太は、

「弟子にしてくれるんスか？」

正座したまま、聞いた。

「……それはまだ分からん」

佐々木が返すと、孝太は再び頭を深く下げた。

「お願いします！　弟子にしてください！」

土下座リフレインである。

そして、関はやはりニヤニヤしていた。

完全にこの状況を面白がっている。

「とにかく立って、家に入れ。ここじゃ面接もできんじゃろ」

これ以上目立つのは御免だと、とりあえず面接という言葉を持ち出すと、孝太は笑顔で顔を上げた。

「はいっス！」

そう言うと立ち上がり、開けたままだった玄関扉を閉めるべく振り返って、そこにいた関に軽

く会釈をする。

関が親指を立て「グッドラック」とでも言いたげに笑ったのを見て、佐々木は、関から少なくとも吟醸酒《ぎんじょうしゅ》を一升瓶《いっしょうびん》でせしめようと心に決めた。

とりあえず、孝太を家に上げ、座敷に通した。

イマドキの若者といった様子――一応スーツは着ていたが――の孝太に礼儀作法などは期待していなかったが、孝太は迷わず下座へと向かい、畳のヘリを踏むような真似もしなかった。

偶然かもしれないが、佐々木はとりあえず孝太の話を聞くだけは聞こうという気持ちになった。

佐々木が向かいに座ると、孝太はぺこりと頭を下げた。

「突然、押しかけて本当にすみません。岩月《いわつき》孝太といいます」

名乗られた名前に、佐々木は少し動揺する。

息子である光太郎と、名前が似ていたからだ。

「……あー、岩月くん。遠いところまで来てくれて悪いがな、わしはもう弟子を育てられるような年齢じゃねえってのは、見りゃ分かるだろう」

大工、それも宮大工となれば一人前に育てるまでに時間がかかる。

光太郎ですら、まだいろいろ教え込むことがあると思っていたのだから。

「正直…、結構な歳だっていうのは、分かります」

「もうちょい若ぇ奴のとこに弟子入りしたほうがええ。もしくは、兄弟子がきちんと育ってる奴のところに」

そうすれば仮に師匠筋に何かあっても、兄弟子が技を継承しているだろう。

大工の技は基本は同じだが、それぞれに癖がある。佐々木の癖を妙に受け継いで、後々よそに行けば苦労をすることもあるのだ。

孝太は少し黙ってから、持ってきたカバンから封筒を出した。

「ん？　なんじゃ？」

「一応、俺の履歴書…です」

意外ときちんとしているらしい。

見たところで何が変わるというわけではないのだが、とりあえず見るだけは見てやったほうがいいかと思って封筒から履歴書を取り出し、広げた。

そこで、佐々木は孝太の実家が中堅の建築会社であることと、工業高校を卒業後に、父親の会社で職人として働いていることを知った。

「……親御さんのツテで、弟子入りさせてもらえる大工もおるじゃろ」

「子供の頃から、いろんな人の仕事場へ行かせてもらったりはしてたんで…、宮大工さんのとこも見学させてもらったことはあるんスけど、なんか、ピンと来なくて……」

どう説明していいか分からない様子で孝太は言ってから、続けた。

「けど、ツリーハウスの動画見て、なんか、頭に雷落ちてきたみたいな衝撃があって、そのあと、祠《ほこら》の動画も見たんスけど、もう、なんか言葉になんないくらい、この人だって思って。絶対この人のとこで勉強したいって思って、それで！」

そこまで言って、孝太はまたカバンを探り、組木細工を取り出して机の上に置いた。

「去年、趣味で作ったものっス」

「パズルか」

佐々木が言うと孝太は頷いた。

「見せてもらうぞ」

佐々木は出された組木細工を手に取り、パーツを外して、いろいろ見る。

粗削りだと思うところはある。だが、全体的に手を抜かずきちんと作ったという感じのするものだった。

佐々木はしばらくそれを見たあと、

「宮大工の技術は、普通に大工をするには必要のないもんも多い。木組がよう知られとるが、よっぽどのことがなけりゃ、釘打ちしたほうが早いじゃろ。その釘打ちも今は機械でパッンパッン止めてすむところもあるじゃろしな。宮大工の仕事は今はほとんどない。技術を持っとっても使う機会なんぞ滅多にない。無駄に時間をかけて修業する意味はないかもしれん」

静かに言った。

光太郎がいた時ですら、そうなりかけていたのだ。

古い社寺の多い地域なら、それなりに需要はあるかもしれないが、このあたりではそういうこともほとんどない。

「それに加えて、この歳じゃ。おまえさんを中途半端に放り出すことにもなるかもしれん」

そう続けた佐々木に、孝太は言った。

「そんなの分かんないじゃないっスか。百まで生きるかもしんないっスし！」

ムキになっているというのでもなく、ただ真剣な顔だった。

「……親御さんには、言うてきとるんか？」

「はい。好きにしろって。……あ、投げやりな感じじゃなくて、ついていきたいって思える人ができたんなら、そこに行ったほうが身になるって意味で…」

「家の跡は継がんでええんか？」

中堅の建築会社の、いわば御曹司だ。

跡を継ぐことを思えば、そう何年も家を離れるわけにはいかないだろう。そう思ったのだが、孝太は、

「あー、俺、三男なんでわりとフリーっていうか。家は多分、一番上の兄貴が継ぐんで……そこがポシャっても二番目もいるんで」

あっさり言ってくる。

どうやら三番目ゆえに親もあっさり「好きにしていい」と許可を出したようだ。

「今、給料は、なんぼもろとる」

聞くと、孝太はあっさり手取り金額を告げた。それに佐々木は深くため息をつく。

「そんだけも出してやれんぞ。わしはしがない年金暮らしじゃからな」

「もちろんっス！　っていうか、修業中は給料出してもらえるとか思うなって親からも言われてるっス。一応、ちょっとだけ貯金はあるんで……あとはバイトとかで稼ぐんで！」

熱意だけはかなりある様子の孝太に、佐々木は押し黙る。

正直に言えば、気持ちは半々だ。

自分が身につけた技を、誰かに伝えたい気持ちはある。

だが、その技を身につけさせるには時間がかかる。

その時間が自分にあるのか、そして、身につけさせた技術で食べていけるまでにしてやることができるのか。

もちろん、身に着けた技術は無駄にはならないとは思うが、技術を身につけた時間に見合うほどの仕事があるか、といえば難しいだろう。

孝太の場合は、何かあっても実家に再就職することも可能だから、そこまで心配してやらなくてもいいのかもしれないが、時間を無駄にさせることもある。

それを思うと、簡単には首を縦には振れなかった。

すると、孝太は玄関でしたように、また畳に額を押し当てて深く頭を下げた。

「お願いします！　一ヶ月でも二ヶ月でもいいんで、俺にチャンスをください！」

その姿が、かつて師匠に弟子入りを志願した時の自分と重なって見えた。

弟子が多く、もうそんなには抱えきれないと断られたのを、お願いします、と頼み込み――結局その師匠の奥さんが、しばらく置いてあげたら？　と口添えをしてくれて、一番下っ端の弟子として置いてもらえることになったのだ。

――嫁さんが生きとったら、同じように言うたかもしれんな……。

佐々木は一つ息を吐いてから、

「まあ、実際にわしの仕事を見たら、おまえさんが思っとったんと違うってこともあるじゃろし、こんな退屈なとこでは住めんってことになるかもしれんしな……。どうせ隠居しとる身じゃ、おまえさんの気がすむまで、付き合うか」

そう言った。

佐々木の言葉に、孝太は顔を上げると、何回か瞬きしたあと、

「……え、と、それは、弟子にしてもらえるってことでいいんスか？」

確認した。

「そのために来たんじゃろ」

佐々木が返すと、

「うわ……、ヤベぇ！　マジヤベぇ！」

雄たけびに近い声で孝太は言った。

その声に佐々木は顔をしかめ、

「ちょっとやかましい」

短く注意する。それにすぐ孝太は口を手で押さえ、

「すみませんっス」

謝るが、嬉しさは隠せない様子で締まりのない顔をしている。

その様子に、苦笑しつつ、佐々木は壁の時計を見た。まもなく四時。集落の最終バスは六時過ぎで、それに乗れば七時半には町の駅に到着する。

その時間でも孝太の実家方面に向かう電車はあるのだろうか、少し心配になり、佐々木はとりあえず、そのあたりを聞いた。

「駅へ行くバスは、次の最終バスしかないが、お前さん、それで駅に出て家には帰れるんか？」

「え？　あー、どうっスかね？　帰りのこと考えないで来ちゃったんで、少し調べないと……」

ちょっと失礼します、と断りを入れてから、孝太は携帯電話を取り出し時間を調べ始める。

そして、眉間にしわを寄せた。

「フツーだと帰れるっぽいんスけど……なんか、ここの在来線、踏切で事故あって止まってるっぽいです」

本日中の復旧は難しい様子だった。

「……難儀じゃな」

「あー、でも駅のあるところまで出たらホテルあるっぽいスし、さすがに明日には復旧すると思うんでそれで帰ります」

ついでにいろいろ検索した様子の孝太に、

「ホテルほど快適じゃないが、ここでよかったら泊まっていけ」

佐々木はそう言った。

「え?」

「どうせ寝るだけじゃろ。まあ、無理にとは言わんが、部屋はある。布団は、しまいっぱなしじゃが、出して乾燥機にかけりゃ眠れんこともないだろ」

「いいんスか?」

「ああ。無駄金は使わんほうがええ」

東京からここまで来る交通費だけでも結構なものだっただろう。そのうえ、本来は必要のないホテル代だ。

本人がここでいいなら、というだけのつもりで佐々木が申し出ると、

「ありがとうございます!」

明るい笑顔で素直に世話になる旨を伝えてくる。

その率直さは好ましいと思えた。

とりあえず、この座敷をそのまま使わせることにして、布団は押し入れから出してきたものを、冬の間布団を温める用途を兼ねて使っていた布団乾燥機にかけた。

そうしていると、玄関から関の声が聞こえた。

「まあ、好きにしとったらええ」

佐々木は孝太にそう言うと、玄関へと向かった。玄関では関が笑いながら立っていて、

「よう、貞《さだ》さん。あの兄ちゃん、どうだ？」

「……とりあえずは様子見じゃ。こんな田舎で長続きするかどうかもわからんし、わしの実際の仕事を見たら違うと思うかもしれんからな」

佐々木が言うと、

「そうかそうか、弟子にしてやることにしたか」

満足そうに笑って関は返してくる。

「様子見じゃ、言うとろうが」

と、重ねて言ってみたが関は気にしていない。ただ、

「で、あの兄ちゃん、今日、家に帰るんか？　バスの時間教えてやれよ」

と、孝太の帰宅について心配してきた。

「いや、今日は泊める。なんか電車が止まっとるらしい」

「そうなんか？　ああ、じゃあ晩飯いるじゃろ。カミさんになんかおかず作ってもらって運んで

やるよ」

　関はそう言うと、さっさと帰っていく。それに佐々木がため息をついて孝太のいる座敷に戻ろうとしたとき、また玄関の扉が開いた。

「関、何ぞ忘れもんか」

　言いながら振り返ると、そこにいたのは診療所の医者、涼聖《りようせい》だった。

「あ、佐々木さん」

「若先生、どうした？　陽《はる》坊なら来とらんぞ」

　涼聖の子供、というわけではないのだが、一緒に暮らしている陽は、集落内をよく散歩している。その散歩途中に佐々木のところに遊びに来ることもあるが、今日は来ていない。

　てっきり陽を捜しに来たのだと思ってそう言ったのだが、

「いえ、陽のことじゃなくて……佐々木さんに謝りに」

「謝る？　なんでじゃ？」

　身に覚えがなくて首を傾げる佐々木に、涼聖は、

「佐々木さんに会いに若い子が来たって聞いて。俺が陽のツリーハウスの動画をインターネットに上げる時に、見ていい人の範囲を間違えてしまったのがきっかけだと思うんで……すみません、ご迷惑をおかけすることになって」

　そう言って頭を下げた。

「若先生、頭を上げてくれ。迷惑とは思うとらん」

実際、迷惑などはまったくかかっていない。

弟子入り希望者が来るなどというのは想定外だったが、積み木やレリーフの注文が入って暇《ひま》を持て余していた関たち、「大人のツリーハウス友の会」の面々は毎日やることができた。ついでに小遣い稼ぎもできて万々歳と言ったところだ。

「ですが……」

涼聖はまだ責任を感じている様子だったが、

「わしの作ったもんを見て、わざわざ来てくれるなんてのは、職人として嬉しいことじゃからな。そう気にせんでええ」

佐々木は笑う。

「そう言ってもらえたら、すこし気が楽です」

涼聖は言いながらも、まだ申し訳がなさそうだったが、

「若先生、そろそろ診療時間じゃろ」

帰りやすいように水を向けると、そうですね、と涼聖は頷いた。

「陽坊に、またいつでも遊びに来たらええて言うといてくれ」

佐々木が言うと、

「ありがとうございます。必ず伝えます」

涼聖はそう言って帰っていった。


一時間ほどして、関が保存容器にいろいろ入れたおかずを持ってきてくれ、それと佐々木の家にあったご近所からの差し入れのおかずと、炊いた米で夕食になった。

なぜか関まで参加しての夕食になったが、三人共通の大工仕事の話から最終的にはツリーハウスの話題で盛り上がった。

「そんで、陽坊のを作っとる途中から、わしらも作りてえなあって話になってな。今計画しとるところじゃ」

佐々木が言うと、孝太は目を輝かせた。

「マジっスか？　え、俺も一枚噛みたいっス！」

「おう、貴重な労働力、期待しとるぞ」

関がそう言って孝太の肩をばんばん叩く。

そんな調子ですっかり打ち解け、何なら軽く酒も入った中、

「……しばらくの間になるかもしれんとはいえ、おまえさんを預かるにあたって、わしもおまえの親御さんに挨拶に行ったほうがええじゃろうなぁ……」

佐々木はふと考えた様子で言った。

「え、大丈夫っスよ、うちの親なら」

俺、野放しで育てられたんで、と笑って言う孝太に、

「いやいや、こういうことはやっぱりきちんとしたほうがええじゃろな。大事な息子さんを預かるんじゃ」

関が言う。

「それなら、うちの親が挨拶に来るのが筋っていうか。『フツツカな息子ですが、よろしくお願いします』的な」

きわめてまっとうな意見を孝太は述べる。

「いや、現役でバリバリ働いとるおまえさんの両親に、こんな田舎まで来させるのもなんじゃからな。隠居しとるわしが行ったほうが身軽じゃ」

佐々木が言うのに、関も頷き、

「それなら、明日、坊主が帰る時に一緒に行ったらどうじゃ？」

気軽に言い、佐々木は、

「ああ、それが一番手っ取り早いかもしれんな。じゃあ、明日、一緒におまえさんの家に行くとするか」

町内の家に挨拶に行くくらいの気軽さで言った。

「え、マジですか？」

「まあ、親御さんの都合もあるじゃろから、無理にとは言わんが」

と言う佐々木の言葉に、孝太は、

「ちょっと親に連絡取るっス」

そう言って即座に携帯電話で連絡を取った。

夕食の前にすでに、弟子入りを許可されたことと、在来線の事故で今日は帰ることができないことを伝えてあった様子だが、再びの電話で、

『おいおい、やらかして弟子入り断られたとか言うなよ？』

と言っているのが漏れ聞こえてきた。

「違うし！　師匠が、明日、俺と一緒に家まで来てくれるって。そんで、父ちゃんとかに挨拶したいって言ってくれてんだけど、父ちゃんの都合どうかって」

説明すると、電話の向こうで何やらバタバタしているような気配がし、すぐに孝太は、

「えーっと、父ちゃんが師匠に代わってくれって言ってんスけど、出てもらっていいですか？」

携帯電話を差し出しながら聞いてくる。

それに佐々木は頷き、口の中の酒を飲み下すと、携帯電話を受け取った。

「どうも、お電話代わりました、佐々木です」

そう名乗るのに関が『おお、よそ行きのエエ声出しとる』と笑う。

だが孝太は、父親が余計なことを言うんじゃないかと戦々恐々とした様子で見守っていた。

しかし、その心配はなく、どうやら父親は、急に孝太が訪れただろうことの詫びと（事前にアポを取って、門前払いされたらいやなので、とにかく会いに行くという強硬手段に出たことは予測済みだったらしい）、様子を見るという段階とはいえ弟子入りを許可してもらったこと、そして不可抗力とはいえども、家に泊めてもらうことへの礼を述べてきた。

そのうえで、本来ならこちらから出向かねばならないところを、足を運んでくれるという佐々木に、至って恐縮したうえで、日中は外せない仕事があるので、夜に夕食を一緒に、ということで話はまとまった。

それで再び孝太に電話が戻ったのだが、とにかく丁重にお招きするようにと厳命が下ったようなのは、漏れ聞こえる声で分かった。

電話を終えると孝太は、一気に精力を持っていかれたような顔をしていたが、

「なんか、師匠に家まで来てもらうことになってホントすみません」

謝ってきた。

「おまえさんが謝らんでええ。わしが言い出したことじゃ」

佐々木が笑って言うのに、関は頷き、

「土産は気にせんでええぞ」

気にしないでいい、という催促《さいそく》をする。

「餞別も渡さんと土産を催促してくる厚かましさは変わらんな」

そんな軽口をたたきながら、夕食という名目の飲み会はもうしばらく続いたのだった。

翌日、孝太と一緒に急遽上京した佐々木だが、久しぶりの東京は孝太の案内で不安なく行くことができた。

約束が夜なので、集落を出るのもゆっくりでよかったし、夕食を一緒にとなると集落には翌日戻ることになるため、今度は佐々木が孝太の家で一泊世話になることになった。

先に夕食をともにし、そのあと、座敷に場所を移して、改めて今回の弟子入りの件についての話になったのだが、孝太の父親は、

「このたびは、愚息が突然押しかけ、申し訳ありませんでした」

改めて謝罪から入った。

「いやいや。職人として、作ったものを見て訪ねてきてくれるのは、ありがたいことです」

佐々木は穏やかな表情で言ったあと、

「息子さんにも話したんじゃが、宮大工としての腕を磨いても、その腕を振るう場は限られとるのが現状で、親御さんとしては無駄な時間を過ごさせることになる可能性も高い。その上、わしの歳じゃと、息子さんを一人前に育てるところまで踏ん張れるかどうかも怪しい。それでも、ええんじゃろか」

改めて、聞いた。

孝太の熱意は分かるが、このまま親元で働いていたほうが安定しているのは間違いないからだ。

その佐々木の言葉に、父親は頷いた。

「おっしゃるとおり、昨今は家を建てるといっても、大手のハウスメーカーを使うところが多い。純日本建築での新築なんてものは滅多にないのが現状ですが、残さねばならん技術はある。息子は三人いますが、親の欲目込みでこいつが一番、職人としての筋はいい。経営だのなんだのの頭を使うことは上二人に、こいつには技術をとそう思っています。もちろん、宮大工の技術は最高峰ですから、こいつがどこまで佐々木さんの教えに応えられるかは分かりませんが、ぜひ、仕込んでいただきたいと思っています」

そう言って頭を下げる父親に、佐々木は、
改めて言った。

「この老いぼれにどこまでできるかは、保証できませんが、息子さんをお預かりします」

こうして無事、孝太の弟子入りがきちんと決定すると——そのあとは大工同士の技術的な話で盛り上がった。

何しろ、話をしている座敷は同席している孝太の祖父がこだわり抜いて作った部屋だ。

天井にしろ、欄間にしろ、床の間にしろ、見てほしいところはいくらでもあるし、佐々木もそのこだわりに気づかない男ではない。

「しかし、見事な格天井ですな」

と言えば、孝太の祖父は嬉々として使った材から話し始める。

孝太の弟子入りの話は、十分程度で終わり、その後一時間近くは、同業者トークで盛り上がったのだった。

◆◇◆

当初「おためし」な感じで始まった孝太の弟子入りだが、孝太がどこまでここに馴染めるかは未知数だった。

佐々木の弟子とはいえ、突然やってきたイマドキの若者に対して、孝太が悪い子ではないとは分かっても、そうすぐに受け入れられるほど、集落はオープンではない。

多少閉鎖的なところもあるのだ。

そのため「派手な頭の色をした東京から来たちょっとやんちゃな兄ちゃん」である孝太は、最初は集落の住民から若干遠巻きにされていたが、孝太のコミュ力は驚くほど高かった。

そしてついでにいえば、「派手な頭の色」は、孝太以前に、琥珀《こはく》、陽、伽羅《きやら》の三人で見慣れていたところもあり、やんちゃではあってもきちんと挨拶ができる孝太は、徐々に集落に馴染んでいった。

その馴染み度が一気に増したのは、「集落の孫」、陽の存在である。

陽にとって孝太は「大きなお兄ちゃん」となり、すぐに懐いた。

二人で一緒に遊んでいるところがたびたび見られるようになると、孝太の受け入れられ度は一気に上がった。

それに加えて、孝太の持ち前のコミュ力と真面目な仕事ぶり、そして陽とのデコボココンビっぷりで、気がつけば、もう何年も集落にいます、とでもいったような空気を醸《かも》し出すようになっていた。

だが、佐々木にはもう一つ懸念《けねん》があった。

集落は、刺激的なことなどほとんどない田舎である。

都会育ちの孝太にとっては、不便でつまらないことも多く、都会の華やかさを恋しがってすぐに帰りたがるかもしれないとも思っていたのだ。

しかしその懸念は、集落の豊かな自然により駆逐《くちく》された。

まずは夏の、カブトムシ、クワガタ、ザリガニの三本柱である。

何ならそこに蝉《せみ》取りも加わり、秋には山で柿と栗が取り放題、冬には積もる雪で遊び、と驚くほど孝太は集落の自然に魅了され、気がつけば半年などあっという間に過ぎていた。

その頃には佐々木も孝太を普通に弟子として受け入れて、同居している気安さもあって、ほぼ孫のように可愛がり、あれこれ惜しみなく教えた。

孝太も弟子入りを希望してくるだけあって熱心で、見た目に反して真面目に取り組んでいた。

五十歳近い年齢差の同居生活も、危惧がなかったわけではないのだが、思った以上に順調で、最初、まったく食事作りができなかった孝太だが、少しずつ料理を覚え、今では、佐々木も作ることはあるが、大体は孝太が担う。

「お仏壇のお供えも終わったし、食べるっスか」

ご飯が炊きあがると、孝太は真っ先に仏壇にご飯とお茶を供えにいく。

そうしろと言ったわけではなかったが、佐々木がするのを見て覚えたようだ。

この日の食事は、孝太作製の肉じゃがと、鶏のソテー、そして佐々木が作った味噌汁《みそしる》に、ご近所からおすそ分けでもらったインゲンの胡麻和《ごまあ》えと、ほうれん草の白和《しらあ》え、それに炊きたてご飯というなかなか豪華な組み合わせだ。

もっとも、その大半は孝太の胃袋に納まるのだが。

「あ、師匠。明後日、兄弟子さんの月命日だから、お墓参り行くっスよね」

食べ始めて少しした頃、孝太が聞いた。

孝太の言う「兄弟子」というのは、佐々木の亡くなった息子の光太郎のことだ。

同居して少しした頃に、遺影を見た孝太に聞かれ、光太郎のことを少し話した。

孝太は自分と名前が似ていることに親近感を覚えているらしく、以来、光太郎のことを、会ったこともないのに兄弟子と呼んでいた。

そして、仕事の都合や天気の関係で毎月というわけではないが、通常通りの仕事であれば、光太郎か亡くなった佐々木の妻——こっちは女将さん、と呼んでいる——のどちらかの月命日に墓参りに行くようになっていた。

「そうじゃな、天気がよかったらな」

「じゃあ明日、お墓に持ってく花、もらってくるっスね」

買ってくる、ではなく、もらってくる、なのは、文字通り近所で育てている花をもらってくるからだ。

もちろん、花のない季節は買うし、以前は買っていたのだが、毎月のように墓参りに行っていると知ったご近所が、うちの花でよかったら切って持っていきなさいよと言ってくれ、孝太は全力でその厚意に甘えているのだ。

基本、甘えっぱなしの孝太だが、わざわざ都会から佐々木の弟子になるためにやってきた上、人懐っこい挨拶をするし礼もちゃんと言うし、荷物持ちだの、電球の交換だの、そういった簡単な手伝いを気軽にするので、すっかり「いい子」認定されている。

実際孝太は、見た目を裏切る好青年で——雪で意味不明なモアイ像を作って集落の道路を飾ってみたりしているが、そういった部分も込みで集落ではすっかり、陽に続いて集落の孫、お兄ちゃんバージョンのような位置づけになっていた。

「孝太、おまえさん、園部《そのべ》のばあさんの葬式のあとで陽坊が出てっちまった時、陽坊と何を話してたんだ？」

先日の園部の葬儀でのことを聞いてきた。

「んー、大したことは話してないっスよ。人が死ぬのって、やっぱ悲しいじゃないっスか。けど、受け止め方はそれぞれ違うっスし……そこまでどうやって生きたかとか、どういうふうにその人と付き合ってきたかとか、まあそんなことをふわっと」

孝太にしては珍しく、ぼやかした説明をしてから、

「ただ、俺もちょっといろいろ考えることはあって……師匠は今は全然元気っスけど、限りってもんはあるんだろうなーとかは、思ったっス」

やけに真面目なトーンで続けた。

「まあわしも、不老不死ってわけじゃねえからなぁ」

「不老じゃないのは、見てて分かるっスよ。十分じいちゃんっスし」

さっきと同じ真面目トーンのまま、結構失礼なことを言う孝太である。

「何を言う、若々しいじじいだろうが」

佐々木が返すのに、

「日本語としておかしいっス。まあ、師匠が歳のわりに若いっていうのは認めるっスけど、限り

があるのはマジじゃないっスか。そういうのとか考えたら、師匠からあとどんくらい教えてもらえんのかなとか、思ったんスよね」

その孝太の言葉に、佐々木は笑った。

「そんなもん、分かるわけがないじゃろ」

「そりゃそうっスけど……」

「心配せんでも今は元気じゃからな。突発的なことまで考えとったら、なんもできんようになる。まあ、あと十年は大丈夫じゃろ」

佐々木の言葉に、孝太は、

「十年かぁ……」

短い、と思っているのがありありと分かる顔で呟く。

「十年経ったら、おまえさん、嫁さんでももらって子供の一人や二人おるんじゃろうかな」

笑いながら佐々木が言うと、孝太は首を傾げた。

「どうなんスかね？　上の兄ちゃんは今の俺の歳には子供いたっスね。下の兄ちゃんは、結婚するかしないかってとこっスけど」

「おまえさん、兄さんらに比べたら、独身を楽しみすぎじゃろ」

その佐々木の言葉に孝太は、

「いやー、やっぱ楽しいっスもん、ここ。今、キャンプとか流行ってるっスけど、ここだと簡単にできるし。まだやりたいことといっぱいあるんスよね。ハンモックで昼寝とか」

新たな野望を口にする。

「ハンモックか……ええかもしれんな」

「でしょ？　ツリーハウスの下に作ったらいい感じじゃないかと思うんスよね」

笑顔で言う孝太に、

「おまえさんは、本当に遊びとなると鼻が利くな……」

感心半分呆れ半分で佐々木は返す。

だが孝太はご満悦そうだ。

「二つ作るっスか？」

そんなことを聞いてくる孝太に、佐々木は頷いた。

◆◇◆

二日後、佐々木は孝太とともに佐々木家代々の墓に向かった。

集落のはずれにある墓地には、この集落で暮らす大半の家の墓がある。

ほぼ毎月来ているので、軽い草引きと、墓石を持ってきたタオルで拭きあげる程度の掃除で十分綺麗になる。

あとは花——昨日のうちに孝太が予定通りご近所からもらってきた——を供える。

孝太が来るまで、佐々木は墓参りには春と秋の彼岸、そして盆と正月前の四回来る程度だった。

一人になったことを、ことさら認識するのが嫌だったのかもしれないし、単純に面倒だったのかもしれない。

佐々木が拝んだあと、孝太が墓石の前に腰を下ろし、手を合わせて拝み始める。

会ったことのない佐々木の妻と、息子のために、いつもきちんと手を合わせる。

そしてしばらくすると、立ちあがり、

「師匠、帰るっスか」

いつも通りの笑顔で聞いてくる。

「そうじゃな」

佐々木が言うと、孝太は墓を振り返り、

「そんじゃ、女将さん、兄弟子さん、また来るっスね」

手を振り、声をかける。

まるで、そこに二人がいるような気軽さで。

佐々木は駐車場まで孝太と並んで歩きながら聞いた。

「……孝太、おまえさん、いつも墓で何を祈っとるんじゃ？」

知らない二人だろうに、と思う。

「祈ってるっていうか、報告みたいな感じで、仏壇のとことおんなじ感じっスよ。師匠が相変わらず飲んべえだとか、仕事の調子だとか」

そう言ってから、

「あー、でも今日は一個お願いもしといたっス」

「願い事？」

問い返す佐々木に孝太は頷く。

「とりあえず、まだ俺がまだ全然ひよひよのひよっこなんで、女将さんと兄弟子さんは、寂しいかもしんないっスけど、師匠をまだそっちへ向かわせるわけにはいかないんで、呼ばないでほしいって言っといたっス」

その言葉に佐々木は笑う。

「そうじゃな、せめて黄色い産毛が白くなるくらいまではな」

「え、俺ってまだそんな感じなんスか？　個人的には、トサカがまだって程度だと思ってたんスけど……」

驚いた、といった様子の顔をする孝太に、

「まだまだじゃな」

あっさり返す。

それに孝太はため息をつき、

「はー……卵を産むのはかなり遠いっスね」

呟く。その言葉に、

「雄鶏《おんどり》は卵は産まんぞ？」

冷静に佐々木は突っ込むのだった。


二人で軽トラに乗り、家へと向かう。

運転は孝太だ。

光太郎がいた頃は光太郎に運転させていたことを思い出す。

似た名前。

けれど全然違う性格。

それでも二人とも、大事な「弟子」だ。

――まだまだ、向こうへは行けんなぁ……。

そんなことを佐々木は助手席で考える。

その佐々木の耳に、

「あ、陽ちゃんだ！」

孝太が道の少し先を歩く、明るい髪色の小さな後ろ姿を見つけて言う。

車が近づく気配に陽は道の端に寄りながら振り返り、車に佐々木と孝太がいるのを見つけると笑顔で手を振った。

孝太が徐行して近づき、窓を開ける。

「こうたくん、ささきのおじいちゃん、こんにちは！」

「こんにちはッス」

孝太が挨拶をしている。佐々木の座っている助手席からは、高低差の関係で陽の姿は見えないが、元気そうな声だ。

「どこかいってたの？」

「うん、ちょっとね。陽ちゃんはお散歩ッスか？」

「いまから、かわのほうへいくの。それでぐるっとまわってはたけのとことおって、しんりょうじょにかえっておひるごはんたべるの」

午前の散歩コースを紹介したあと、

「おじいちゃん、おさんじのとき、さぎょうばにいっていい？」

見えていないだろうが助手席にいる佐々木に了解を取ってくる。

「ああ、来たらええぞ」

佐々木が言うと、やった！　という声とともにぴょんぴょん飛び跳ねている足音が聞こえて、その微笑ましさに佐々木は笑う。

「そんじゃ、陽ちゃん、おやつのときに」

孝太が言うのに、陽は明るい声で返事をする。

「うん！」

「陽坊、散歩気をつけて行けよ」

佐々木が言えば、

「はーい」

いい子な返事が聞こえてくる。

孝太は、じゃあね、と軽く手を振り、車を出した。

「陽坊はええ子じゃなぁ」

呟いた佐々木に、

「え、俺もいい子っスよ」

笑いながら孝太は返す。

それに、佐々木は棒読みで、

「ああ、おまえさんもええ子じゃ」

と言ってやると、孝太は「棒読み酷いっス」と言いながらも笑う。

それに佐々木は笑いながら、
――ホンマに、ええ子じゃ……。
胸のうちで呟きながら、まだまだ向こうへは行かれんなぁ、と思うのだった。

おわり

推しのいる生活

CROSS NOVELS

成央大学附属病院の院長の息子であり、次期院長である医師、成沢智隆《なりさわともたか》は二台の携帯電話を所持している。

一台は仕事用、もう一台はプライベート用に分けられている。

以前は病院内でプライベート用を取り出す場面など滅多になかったのだが、少し前から、その成沢がプライベート用の携帯電話を病院内でも確認していることが増えた。

「絶対、彼女ですって、アレ」

休憩時間に入った看護師が院内の食堂で、たまたま居合わせた成沢がプライベート用の携帯電話を、普段では滅多に見せないような作り物ではない微笑を浮かべながら眺めているところに遭《そう》遇《ぐう》し、ヒソヒソと話し合う。

「でも、最近、密会情報とか流れてないわよ？」

「院長公認の相手で紹介済みの子の噂《うわさ》、前にありましたけど……結局、誰も成沢先生がその人と会ってるところ、見てないんですよね」

どこぞの令嬢だの、ミス●●に選ばれたことのある美女だのと噂の多かった——実際に会っているところを見た者も多いので噂ではないのだが——ものの、結局結婚に至ることなく独身で通している成沢に、本命ができたんじゃないかという話になったのは、今から少し前のことだ。

プライベートの携帯電話を見て嬉しそうにしていることが増え、看護師たちが持ち寄る成沢情報を総合したところ、どうやら院長夫妻にも顔合わせがすんでいるらしいのだ。

しかし、その相手を誰も見たことがない。

「院長のご病気は、今は落ち着いてますけど、成沢先生が代替わりされるのも遠くないじゃないですか？　もともと忙しいのに、後継者としてのいろいろなことがあって更に忙しいみたいだっていうのは、情報として入っててるんですけど……」

看護師の一人が補足情報を入れてくる。

現院長は看護師の言葉通り、闘病中だ。今のところ、病状は安定している様子で精力的に働いてはいるが、楽観できない状況なのは変わりない。

そのため、成沢は以前なら週に一度か二度は馴染みのバーで飲む時間を持っていたが、その時間すらないほどに忙しいのだ。

余裕があれば自宅に戻って休養を取っているようなのだ。

「もうすでに、自宅に相手がいるってオチじゃないわよね？」

一人が言った言葉に、全員がハッとする。

成沢の自宅は、邸宅といって差し支えがない豪邸《ごうてい》である。おそらくは部屋数も多いだろうし、客の一人や二人、長期滞在してても問題ないかもしれない。

あくまでも「しれない」なのは、成沢の家に行ったことのある者がこの中にはいないからだ。

だから、あくまでも外からちらっと見える感じからの予想しかないのだが、絶対に問題ないだろうなという確信はある。

「うわ、それなら家に帰っちゃう感じも分かる……」

全員が暗い面持ちになるが、

「いや、それならあんなに楽しそうに携帯見ます？　家に帰ったら会えるのに」

誰かが疑問を口にした。

「超ラブラブだったら、あり得る」

だが、即座に肯定する意見が出て、

「……もう、早退したい」

ずーん……と落ち込んだ様子で言う看護師に、全員が頷きかけた時、

「みんな、暗い顔してどうしたの？」

他科の看護師が昼食にやってきて声をかけた。

「成沢先生の激ラブな恋人についての考察をね」

「いつ既婚者になるのかと思うと、正直、自分がなんて思ってないけど、ショックはショックじゃない？」

その言葉に、彼女は頷いた。

看護師の中で密かに結成されている「成沢ファンクラブ」の会員は多い。彼女もその一人なのだ。

彼女は近くのテーブルから椅子を引き寄せてくると、

「もう、情報入ってるかもですけど、お相手の名前、下だけですが分かったっぽいっていうの聞

いてます？」

小さな声で問う。それに全員は目を見開き、頭を横に振った。

「知らない、知らない！　何、それ？」

「なんて名前？」

名前が分かったところで、どうにもならないけれども、知りたい欲求のほうが強い。

それに他科の看護師は言った。

「『はる』って名前らしいです。それが全部なのか名前の一部なのかは分からないんですけど、名前入りの何かを贈るらしくて、名前の確認の電話がかかってきた時、丁度居合わせた看護師がいて、そのときに『ひらがなで、はる、でお願いします』って言ってたらしいの」

「ちょっと、名前入りって、何贈るの？」

「定番だと指輪じゃない？」

「指輪かぁ……ガチじゃん、それだと、もう」

ヘコみが半端ない集団だが、

「いやいや、指輪ならひらがなじゃなくてアルファベットで入れるでしょ？」

一人がもっともらしいことに気づけば、また希望を取り戻す。

いや、希望があろうとなかろうと、彼女たちには、さっき誰かも言っていたように成沢をどうこうするつもりはないのだ。

ただ、ファンクラブである以上、対象者にはできれば独身でいてほしいというだけで。

「ああ……、成沢先生に聞ける勇気が私にあれば……」

「やめて。その勇気で夢が砕け散るのが早まるなら、ないかもしれない希望にまだしばらくはすがっていさせて……」

知りたいけど知りたくない乙女のジレンマに陥《おちい》る彼女たちだが、持っている端末から病棟の緊急呼び出しのコールが入ると、

「ごめん、行くわ。片づけお願い」

「はい、本郷《ほんごう》です。神谷《かみや》と宮路《みやじ》もいます。……了解です、すぐ向かいます」

さっきまでの悩める乙女の姿をかなぐりすてて、百戦錬磨の看護師の顔に戻り、食堂をあとにする。

それを見送った成沢ファンクラブの他の面々はもうしばらく、「はる」とはどんな女性なのか？

そして何を贈ったのか、という推理にいそしんだのだった。


さて、噂の人である成沢だが、このところまともに食堂で食事を取れないほどの忙しさが続いていた。

カロリーバーでとりあえず空腹をやり過ごすことも珍しくない。

だが、今日は入っていた会合が一件キャンセルになったおかげで、食堂に来る時間ができたのだ。

そして、丁度食べ始めようとしたとき、プライベートの携帯電話のアプリの着信音が響いた。

成沢のプライベート番号を知っている者はそう多くないし、最近連絡があるのは限られた相手だけだ。

——あ、月草《つきくさ》さんからだ……。

実際には月草本人からではなく、月草の身辺警護のようなことをしている青年の端末からなのだが、月草からの依頼を受けて送ってきているので、月草からのものだと言ってしまって差し支えないだろうと思う。

アプリを開いてみると、

『先日、香坂《こうさか》家に参りました。その時の写真をお送りします』

という文章と同時にアルバムへ写真がアップされているのが分かった。

楽しみにアルバムを開くと、そこには猫の頭を撫《な》でている陽《はる》をはじめ、月草と一緒にケーキを食べている陽や、身辺警護をしているもう一人の青年と庭で遊んでいる陽など、様々な陽の写真が載せられていた。

——相変わらず可愛いなぁ……。

陽を見ていると、それだけで和む。

二月に陽と過ごすために集落を訪れ、購入した別荘へ陽を招いてお泊まり会をしたが、本当に癒《いや》された。

――間違いなく、マイナスイオンが出てるよね。

確信している成沢である。

陽の癒し力や和ませ力にメロメロなのは、成沢だけではない。

あの集落の住民の大半はそうだろうと思うし、そして、アプリで連絡を取り合っている月草もそうだ。

月草とは、別荘に行った時に出会った。

集落の雪合戦――剛速球が飛び交うガチな戦いである――に参戦することになり、それを月草が見にきたのだ。

「美しい」と評価される女性とそれなりに付き合ったことのある成沢だが、彼女の美貌は非日常レベルと言ってよかった。

ただ美しいだけではなく、近寄りがたい気品があり、おそらく普通であれば声をかけるのもためらうだろう。

そのくらいの別世界感のある女性だったのだが、二人はあっという間に意気投合した。

無論、そのきっかけは陽である。

陽に紹介された瞬間に分かった。

同担だと。

そのあとは、互いの携帯電話の中にある陽の写真の披露大会だった。

もし、雪合戦がなく、そして月草の帰宅時間が迫っていなければ、一晩中でも陽の可愛らしさについて語り合っただろう。

推《お》し語りとなれば、とんでもない美女であっても気後れなど一切しない。

そして、その時点で月草は恋愛対象ではなく「推し友」となった。

もちろん、陽となかなか会うことができない成沢は、伽羅《きゃら》や月草から新しい写真を提供されるばかりになるのだが、「推しの可愛さを広める」意識が強い月草は惜しみなく写真を送ってきてくれるのだ。

「成沢先生、嬉しそうに何見てらっしゃるんですか？」

不意に声をかけてきたのは、後輩の外科医の国見《くにみ》だった。

それに、香坂《こうさか》先生のところで同居している子供の写真だよ、と成沢が答えるより早く、画面に映し出されていた写真を見た。

「うっわ……すごい美人…」

ため息交じりの声を漏らす国見に、成沢は携帯電話を閉じると、

「盗み見は感心しないね」

と、一応注意を促すが、国見は、

「今の美人誰ですか？　成沢先生の恋人の方ですか」

まったく怯むことなく聞いてくる。

「友達だよ」

そう、友達である。

会ったのは一度だけで、陽の写真を交換したり、会った時のエピソードを伝えたり、数回やりとりした程度ではあるが、友達と言って差し支えない、と成沢は思っている。

二人を強く結びつけている「陽」という存在がいるのだ。

「え、友達、なんですか？」

「そうだよ」

成沢は言うと、携帯電話をしまい、食べ終えていたので席を立ち、トレイを持ってその場をあとにする。

しかし、残された国見には疑問が残った。

——ただの「友達」の写真見てるだけで、あんなに幸せそうっていうか、満足そうな顔をするものか……？

国見が導き出した答えは「ノー」だ。

二人の関係性は今はまだ「友達」なのだろう。

しかし、成沢はそれ以上の関係になることを望んでいるはずだ。

——そうじゃなきゃ、あんな顔しないって。

確信めいた気持ちを国見は抱いた。

◆◇◆

さて、数日後。

香坂家に成沢から陽へのプレゼントが到着した。

名前が刻印された鉛筆セットである。

だが、それはただの鉛筆ではない。

陽の大好きなアニメ『魔法少年モンスーン』のイラストが全面にプリントされた鉛筆と、同じくイラストがカバーに描かれた消しゴムだ。

「モンスーンがいっぱい！」

陽は箱から出した鉛筆をちゃぶ台に並べて眺める。

それに気づいたのは、一緒に見ていたシロだ。

「はるどの、こちらに、はるどののおなまえが、はいっております」

見つけた「はる」の刻印をシロは指さす。

「あ、ほんとうだ！　りょうせいさん、ボクのなまえはいってる」

陽は嬉しそうに報告する。

涼聖《りょうせい》もその鉛筆を見て名前を確認し、

「ああ、本当だな。よかったな、陽」

言って陽の頭を撫でると、陽は頷いた。

「ぜんぶにはいってます……」

シロが十二本すべてを確認して報告すると、陽は難しそうな顔をした。

「これ、ぜんぶなりさわさんが、いっぽんずつ、ボクのおなまえ、ほってくれたのかな……」

「だとしたら、どれほどおじかんがかかったのでしょうか……」

シロが返すのに陽は頷き、一緒に聞いていた琥珀《こはく》も真面目な顔で頷く。

その様子を見ていた伽羅は、琥珀、陽、シロの純粋さにいわゆる「尊死」しかかっており、結局ツッコミ役は涼聖しかいなかった。

「あー、それは手彫りじゃなくて、お店で機械で刻印してもらえるんだ」

涼聖が説明すると、

「そうなのか？」

琥珀が確認する。

「ああ。そういうサービスをしてくれる店があるんだ」

涼聖はそう言ってから、陽に視線をやった。

「成沢先生の手彫りじゃなくて、ちょっと残念か？」

陽の周囲には、集落の住民たちの「手作りのもの」が多い。

ときどき、その手作りのもののセンスは涼聖から見て微妙なものもあるのだが、陽はどれをもらってもいつも同じように嬉しそうにしている。

そこに込められた「気持ち」を感じて嬉しいらしいのだ。

だから成沢の手彫りではない、と聞いて残念がるかと思ったのだが、

「ううん。なりさわさん、すごくすごくいそがしいでしょう？　だから、こんなにたくさん、ボクのおなまえ、ほってくれてたら、すごくじかんかかって、おやすみのひ、ぜんぶ、このおしごとだったかもっておもったら、ちょっとしんぱいになったの。だから、そうじゃないってきいて、ちょっとあんしんした」

陽は笑顔でそう返してくる。

その発言を聞いていた伽羅が、畳にバタリと倒れ込んだ。

「天使が…天使がここに……」

「伽羅、気持ちは分かるが落ち着け。涅槃《ねはん》にはまだ早い」

涼聖の言葉に、伽羅はむくりと起き上がり、

「陽ちゃん、成沢先生にお礼の動画を送りましょうかー？」

と提案する。

「うん！」

笑顔で頷く陽に、

「じゃあ、送ってもらった鉛筆を二本ずつ両手で持ちましょうか」

と、伽羅はちょっとした演技指導をして、まずお礼を言う陽の動画を撮る。

そのあと、送ってもらった鉛筆でさっそく、「なりさわさん、えんぴつとけしごむ、ありがとうございます。このえんぴつで、なりさわさんに、おてがみかくね」と陽が書いた手紙も動画の最後に入れて編集し、その動画を成沢へと送信した。

◆◇◆

「では術前カンファレンスは以上で終了します」

成央大学附属病院カンファレンスルームでは、毎週恒例の術前カンファレンスが終了したところだった。

参加した執刀医を含めたオペ担当医たちがカンファレンスルームをあとにする。

同じようにカンファレンスルームをあとにしようとした成沢を、院長である成沢の父が呼び止めた。

「夜の会合のことなんだが」

「顔を出すだけでいいんでしょう？」

確認するように言う成沢に、院長は頷いたが、

「母さんの情報からだと、本間《ほんま》さんが令嬢を連れてくるかもしれないと。目当てがお前とは限らんが用心しろ」

と忠告してくる。

「本間さんのところのお嬢さんって、まだ大学を出たところでしょう？」

本間というのは、中堅商社の社長で、その娘とは成沢も以前、何度か会ったことがある。会った、というと語弊があるのだが、同じ会に出ていれば世間話ついでに紹介されることもある。それで知っている、という程度だ。

「一回り以上年上の僕みたいなおじさんなんて、お呼びじゃないですよ」

笑って返す成沢に院長はため息をつく。

「おまえが結婚してくれれば、余計な心配はしないですむんだがな……。例えば、月草さんなんかはどうなんだ？」

冬に陽に会いに行った成沢が、そこで陽を可愛がっているという美女、月草と出会ったことは

院長も知っている。

陽と一緒に写っている写真などから、身に着けているものはパッと見て分かりやすいブランドものというわけではないが、手の込んだ一級品ばかりであり、それを身に着けても決して劣らぬ気品と美貌《びぼう》を兼ね備えている女性だ。

成沢の情報からは、付き従うおそらくは警護の青年が二人いるとも聞いているので――しかも成沢と直接の連絡は取らず、常に警護の青年を通してのやりとりらしい――かなりの家柄だということだけは察せた。

「彼女は友達ですよ」

成沢は言ってから、思い出したように、

「ああ、そうだ。新しい写真と動画を送ってもらってるんですよ」

そう言って携帯電話を取り出し、以前月草から送ってもらった写真と、そして伽羅から送られてきた動画を披露する。

「おお……相変わらず愛らしいなぁ……」

「そうでしょう？　もう、どうしてこんなに可愛いんだろうって、謎ですよね」

院長と成沢は携帯電話の画面を見つめて相好を崩している。

その様子を見ていた国見は、

――友達って、あの写真の美人のことか？

脳内で推理を組み立て始める。

どうやら、院長も会ったことがある相手のようだ。

——院長、確かさっき名前言ってたな……つき…そうだ、『つきくさ』だ。

仮定の上に仮定を重ねていく形にはなるが、写真の美女は名前を月草といい、院長も会ったことのある人物で、成沢の結婚相手としても申し分ないと思っている様子である。

しかも、写真や動画を送ってくる関係となると、本当に「友達」かどうか分からない。

そんな推理の最中、

「またこっちに遊びにきてくれないものかね……」

ため息交じりに院長が言う。

「どうでしょうね？　まずはこっちが接待できる時間をある程度確保してから声をかけたほうが早いと思いますが……」

「それもそうだな。母さんにも声をかけて日程のすり合わせをして……」

そんな二人のやりとりを耳にした国見の推理という名の妄想は、さらに進んだのだった。

そして、その妄想の成果を、

「ねえねえ、新橋《しんばし》さん、成沢先生の噂の恋人に関しての情報、いらない？」

国見は成沢ファンクラブの一人である看護師、新橋に披露すべく声をかける。

「いります」

返事は食い気味の「イエス」だ。

「カフェテリアの焙煎《ばいせん》カフェオレトールサイズで手を打つよ」

その言葉に頷き、カフェテリア——職員専用の自販機コーナーである——に向かう。

そして自販機で人気の焙煎シリーズ自販機（少々お高い）でカフェオレのトールサイズを購入した新橋は、国見に渡した。

「で、情報は？」

「成沢先生がマメに連絡取ってる相手の名前、分かったかも」

国見の言葉に、新橋はため息をついた。

「はー……、もうその情報なら知ってる。『はる』さんでしょ？」

新橋の言葉に国見はきょとんとした顔をした。

「え、違うよ？　俺が聞いたのは『つきくさ』って名前」

国見の言葉に新橋は目を見開いた。

「え、嘘、まさか先生の相手って二人？」

「それはどうか分かんないけど、あ、写真ちらっと見た。サラッサラの黒髪ストレートヘアの、なんかもうヤバいくらいの美人。院長が、また会いにこないかなとか言ってて、成沢先生も先にこっちの予定を空けて接待できるようにしとかないとみたいなこと言ってた」

国見からもたらされた情報を新橋は余すことなく、患者の病状などの変化を書き留めるための個人的なメモに取っていく。

そしてその情報は、成沢ファンクラブ内で共有され、

「……これまでの情報を総合的に判断すると、成沢先生が二人を相手にしているとは考えられないので、多分フルネームが『つきくさ　はる』という方である可能性が高いと思います」

「その人がヤバいくらいの美人ってことね……」

「院長夫妻ももてなし態勢を整えて出迎えたい超美人か……」

その呟きに、

「人の夢と書いて、儚《はかな》いって読むのよ……」

と誰かが返したあと、「勤務明けたら飲むかー！」と、やけ酒なだれ込みのフラグが立てられた。

成沢の目当ては、美人と一緒に写っていた幼児であり、院長も夫人も、そしてその写真の美人も、一緒に写る幼児にメロメロであることを、まだ彼女たちは知らない。

彼女たちが真実を知る日が来るのかどうか定かではないが、とりあえず、今日から明日にかけて病院近くの居酒屋は看護師が多く来店することだけは決まったのだった。

おわり

あとがき

こんにちは。いつまでも夏の暑さを引っ張って、いきなり初冬な寒さに入るのをやめてほしいと願う松幸《まつゆき》かほです。急に冬服とか出せるような部屋じゃないんですよ……（言わずと知れた汚部屋継続）。

というか、いつも通りのしょっぱい近況からの入りはさておき、婿取《むこと》りも十八冊目となりました。これもひとえに読んでくださる皆様のおかげです。

今回はテーマが少し重ためです。すみません、でも、陽《はる》ちゃんの成長のために必要なことなのです。陽ちゃんをたくさん泣かせてしまって、書いていてめちゃくちゃ胸が痛みました。お菓子箱を送ってあげなきゃ…な気持ちでいっぱいです（ご機嫌取りにいそしもうとする私）。

あと、もう一つあやまらなくてはならないのが、琥珀《こはく》様が在宅になったというのに再び不在になったＢＬ……。ち、違うんですよ！　プロットでは入ってたんです！　でも担当さんとの打ち合わせで、

「ＢＬ作品としてはあった方がいい。でも、今回の一冊の流れとしてそこだけ浮いてしまうというか……テンションがおかしな感じになるかも」

という見解に到りまして……今回もＢＬ不在となりました。誠に申し訳ございませんです。

次回は頑張る！　本当に頑張る！　琥珀様が頑張ってくれると信じてる！　もしくは倉橋《くらはし》先生が頑張ってくれるはず！　むしろ倉橋先生に期待！　でございます（現時点では何も決まってませんが）。

次回は笑顔の陽ちゃんもたくさん書きたい所存です。

また、今回も素敵なイラストを描いてくださったみずかねりょう先生、本当にありがとうございます。表紙が！　表紙のちみっこ達が！　こんなかわいい子達にきてほしぃぃぃ！　と絶叫でございます……かわゆや…。


こんな調子で、二十冊目も視界にちらほらしてまいりましたが、ここまで書き続けることができているのは本当に読んでくださっている皆様のおかげです。お手紙やメール、なかなか返事ができませんがありがたく読ませていただいています（へこんだらしつこいくらいに読み返してます）。

これからも頑張って書いていきたいと思いますので、どうぞよろしくお願いします。

二〇二二　突然の寒さに震える十月初旬　松幸かほ

Kitsune no Mukotori
神さまに、
恋をされる
ワタシになる
Kyara
今度は神様、コスメブランドを立ち上げる!?
「Kitsune no Mukotori」初の
ポップアップブティックを、集落にてオープン。
最新限定品アイテムからタイムレスなアイテムまで
取りそろえた、期間限定ブティック。
SIRO
ルージュ
ザシキワラシ
SIRO No,1
(リップカラー・限定品)
¥5500
ザ・アイカラー
パレット/ヨナキオウ
(アイシャドウ・限定品)
¥9800
シュウラク ノ
オバアチャンゴアイヨウ
(ファンデーション・限定品)
SPF24 PA+++ ¥8900
Awayuki
狐の婿取り(仮)
松幸かほ
2023年 発売予定
※イラストと小説内容は、
かなり異なります。